Stéphane Jougla

Gabrielle ou le jardin retrouvé

roman

DENOËL

Pour Suzanne

La poule sauvage

— L'électricité a été coupée, nous lança l'agent immobilier du fond de l'appartement.

Sur le pas de la porte, j'observais Amélie.

— Ça va, me rassura-t-elle, une main posée sur le ventre.

Nous entendîmes crisser plusieurs manivelles, puis la lumière fut.

Journaux, sacs plastique, bouteilles, vêtements usagés, pots de yaourt écrasés jonchaient le sol dès l'entrée.

— Je vous avais prévenus, fit l'homme en revenant vers nous.

En fait, nous visitions une décharge.

Des livres traînaient un peu partout sur les meubles, le tapis, la cheminée du salon, devant laquelle trônait un Chesterfield éventré et couvert de détritus. Dans un coin, une bergère au velours bleu capitonné nous fixait de tous ses boutons.

— Elle était dans le jardin, expliqua notre guide. C'est moi qui l'ai rentrée ! ajouta-t-il aussi fièrement que s'il l'eût sauvée de la noyade.

Dans la cuisine, j'ouvris la porte d'un des placards. Les ordures y avaient pris la place des ustensiles et dégageaient une odeur pestilentielle. À la salle de bains, un coup d'œil me suffit : le miroir y multipliait la crasse du lavabo. Dans la chambre, en revanche, le ménage était fait. Irréprochable.

— La porte était fermée, avoua l'agent immobilier.

— Tiens ! Pourquoi ça ?

— Aucune idée.

L'annonce indiquait un trois-pièces, en rez-de-jardin, à rafraîchir. L'agent nous fit entrer dans le bureau qui jouxtait le salon – je dis *bureau* simplement parce qu'il y en avait un ; il croulait sous des caisses emplies de terre qui évoquaient plutôt les cercueils de Nosferatu dans la cale de son bateau fantôme.

Amélie caressa son ventre. La chambre du bébé ne serait pas grande. Deux fenêtres, en angle, lui conféraient cependant un certain charme.

Elles s'ouvraient directement sur une forêt vierge.

— Le jardin ! annonça triomphalement l'agent immobilier. Venez, on y accède par le salon.

Nous traversâmes donc une nouvelle fois le salon encombré de détritus.

— Et la cheminée fonctionne, précisa-t-il en passant.

Je m'y penchai, pour voir s'il n'y restait pas quelque silex, tandis qu'Amélie s'arrêta devant la bibliothèque impressionnante, quoique pleine de trous, qui la flanquait de part et d'autre.

— *La Bête dans la jungle*, *Robinson Crusoé*, *La Métamorphose*… Pas mal, dit-elle.

— Si les livres vous intéressent, on peut s'arranger. Pareil pour les meubles, proposa l'agent immobilier en ouvrant la porte-fenêtre qui donnait sur le jardin.

Nous sortîmes — ou entrâmes, je ne sais trop que dire : l'extérieur paraissait en tout cas mieux entretenu que l'intérieur. Sans doute parce que la pluie y nettoie les végétaux, avancerait plus tard mon Amélie, déjà conquise. Sur quoi je lui rappellerais que les feuilles tombent, repoussent et retombent chaque année : il y aurait donc corvée de feuilles.

— Justement, tu adores la nature !

— Toi aussi, à ce qu'il paraît !

— Oui, mais je ne saurais pas…

— Quoi ? Ramasser des feuilles ?

— Nous prendrons un jardinier.

— Pas question !

— Mais il est tout petit…

De fait, le *jardin* n'était pas grand : une bande d'à peine cinq ou six mètres de large, en L, qui longeait l'appartement à l'arrière de l'immeuble. Le descriptif indiquait tout de même cent mètres carrés, soit vingt de plus que l'appartement.

Pour y accéder, on traversait une terrasse bordée sur trois de ses côtés par une multitude de pots de formes et de tailles différentes ; un sapin, du genre sapin de Noël, était planté dans l'un d'eux. Des châssis, où gisaient des plants racornis au bout desquels pendaient d'étranges légumes, noirs et fripés, occupaient le quatrième côté.

— Des courgettes ? hasardai-je.

Et pourquoi pas ? Un coup d'œil suffisait à constater que ce jardin faisait fi de toutes les catégories – jardin potager, jardin d'agrément, jardin de curé, anglais, français, japonais… comme si son histoire n'eût été qu'une longue succession d'invasions. En y pénétrant, on plongeait au cœur des périodes les plus reculées de l'humanité, peut-être même avant l'arrivée de l'homme, quand la nature prospérait à l'état sauvage – un état auquel s'acharnait à retourner ce petit bout de terre. Camélias, seringats, buis, rhododendrons se mêlaient sans distinction entre l'immeuble et la clôture rongée par le lierre, tandis qu'un sentier, devenu presque invisible, se frayait un passage entre des plants de laitues, de fraisiers, d'oignons et de poireaux. Dans l'angle, un arbre immense plantait son tronc gigantesque, au bout duquel une ramure échevelée prolongeait dans le ciel toute l'exubérance du jardin.

Nous descendîmes les deux marches de la terrasse.

En passant, Amélie frôla de sa main les inflorescences bleues d'un énorme hortensia.

La plante bruissa plus que de raison.

— Amélie ? Tu es déjà venue ?

— Je vous laisse. Si vous avez des questions, je suis là, nous lança l'autre hypocrite du haut de sa terrasse.

— Amélie, réponds-moi : tu as visité cet appartement sans m'en parler ?

Sourde, muette, Amélie marchait devant moi aussi droite qu'un i.

Mais je fus contraint de remettre à plus tard notre discussion : le sentier qui traversait le jardin s'interrompait à l'angle de l'immeuble et il nous fallut enjamber une incroyable profusion de végétaux, écarter de nos mains nues des branchages inextricables et des orties géantes qui tentaient de stopper notre progression. Je passai devant Amélie, faisant de mon corps un rempart contre toute attaque de serpent, araignée, rat ou autre bestiole qui ne manquerait pas d'avoir trouvé refuge dans cette jungle – en particulier devant le bureau de Nosferatu, où poussait une forêt de ronces que nous eûmes toutes les peines du monde à traverser.

— Des rosiers, mon chéri, précisa mon Amélie soudain rendue à la parole. Regarde celui-ci, comme il est beau ! En fleur, il doit être magnifique, s'extasia-t-elle en replaçant une liane démesurée contre un vieux treillage.

— Et ça ?

— Ah, voilà ! C'est mignon, tu ne trouves pas ?

— Qu'est-ce que c'est ?

— Tu vas voir...

Face à nous se dressait un édifice informe et couvert d'une vigne vierge dont les filaments défoliés lui faisaient des cheveux de momie.

J'en approchai avec prudence.

Sur le côté, un cercle de cailloux, noirs de suie, signalait un foyer rudimentaire. Quel naïf j'étais ! Et moi qui avais cherché des traces de civilisation dans la cheminée du salon...

Amélie poussa la porte.

— Stop !

— Mais viens voir, au moins : il y a un lit, des livres, une lampe, et même un petit radiateur électrique...

Tandis qu'elle pénétrait dans l'édifice, je fus bien obligé de surveiller les alentours. Je remarquai alors une caisse de bois posée contre la paroi extérieure ; des tuiles figurant la toiture, ainsi qu'une fenêtre de chaque côté, avaient été grossièrement peintes en orange vif ; sur le devant, une ouverture rectangulaire faisait office de porte, surmontée de cette inscription déroutante :

Saint-Estèphe 1996

Amélie sortit de la hutte, un livre à la main.

— Regarde : *L'Amant de lady Chatterley*, c'est drôle, non ?

— Si on veut... Regarde plutôt, dis-je en désignant la caisse.

— Qu'est-ce que c'est ? Une niche ?

— Pour un tout petit chien alors.

— Oh ! non ! s'étrangla soudain Amélie, les yeux rivés sur mon pied droit.

Des restes d'os et de plumes gisaient sous ma chaussure.

— Paix à son âme, chérie.

— Mais qu'est-ce que ça peut bien être ?

— Un ptérodactyle sans doute. Fuyons !

— Attends !

— Pas question.

Sourd aux suppliques de la future mère de mon enfant, je rebroussai chemin. Hélas, j'atteignais à peine le sentier quand elle poussa un cri – voilà pourquoi nous étions convenus, en principe, de ne plus rien visiter jusqu'à la naissance du bébé.

Par bonheur, Amélie fut bientôt dans mes bras, saine et sauve.

— Chérie, je te rappelle que tu es enceinte, tout de même ! Qu'est-ce qu'il y a ?

— Une autre…

— Une autre quoi ?

— Poule ! dit-elle en pointant le doigt vers les broussailles.

Ainsi, les restes de plumes et d'os étaient simplement ceux d'une poule.

Je tentai de garder mon calme.

— Et alors ?

— Elle est vivante, mais toute maigre ! Il faut absolument lui donner à manger…

D'autorité, je saisis la main de ma femme et nous remontâmes illico sur la terrasse : Jane et Tarzan disant adieu à la vie sauvage.

— L'appartement est pour vous ! s'écria l'agent immobilier dès qu'il nous aperçut.

— Qu'est-ce qui vous fait dire ça ?

— Je le sens.

— C'est tout ?

Il commençait à m'agacer, ce commerçant.

— Cher monsieur, vous êtes ici à dix minutes de votre travail, avec, en plus, la chance de profiter d'un petit coin de verdure. C'est très rare pour les rez-de-chaussée de cette taille. Dans le secteur, cela concerne plutôt les hôtels particuliers…

— Que Dieu nous préserve !

— De plus, celui-ci est privatif, ajouta-t-il, méprisant mon persiflage. Vous en avez donc la jouissance exclusive. Autrement dit, vous y faites tout ce que vous voulez.

— Le jardin d'Éden, enfin ! s'exclama mon Amélie, comme si elle n'était pas enceinte jusqu'aux dents.

— Exactement, madame, sauf que ce n'est pas Dieu, mais la copropriété qui l'entretient, répondit l'agent immobilier, non sans, je dois malheureusement l'avouer, un certain panache.

— Pas beaucoup, apparemment, remarquai-je cependant, pour montrer que l'un de nous gardait les pieds sur terre. Mais quel hurluberlu habitait donc ici ?

Depuis le début, la question me brûlait les lèvres.

— Un certain Martin Robinson.

— Seul ou avec une poule ? s'enquit ma bien-aimée, décidément en veine de plaisanterie.

Elle n'avait pas lâché *L'Amant de lady Chatterley* et cherchait un endroit où le caser dans la bibliothèque.

— Gabrielle Beauchan. Morte il y a deux ou trois ans, assez jeune, d'après ce que je sais…

— Une femme donc, dis-je, histoire de préciser les choses.

— Et monsieur Robinson ?

— Ce n'est pas lui qui vend. Il n'était pas propriétaire. En principe, on ne pouvait rien faire tant qu'il habitait là, mais après la mort de sa compagne, il a perdu la boule. Les propriétaires sont les parents de mademoiselle Beauchan. Ils ont finalement pu récupérer l'appartement de leur fille. Je viens d'obtenir le mandat, ils n'ont pas eu le temps de le vider. Mais il va partir, c'est sûr, avec ce potentiel et à ce prix…

— Nous allons réfléchir, coupai-je.

— Pas longtemps, rectifia Amélie, en glissant *L'Amant de lady Chatterley* dans la bibliothèque, à la place qu'elle lui avait trouvée.

— S'il vous intéresse, je vous conseille de vous décider rapidement, j'attends une proposition.

Amélie cligna des yeux vers moi.

Je sus rester de marbre.

L'agent immobilier nous fit signer le bon de visite.

Je gagnai la sortie en évitant les détritus qui jonchaient le plancher, tandis qu'Amélie s'attardait dans le salon.

Comment pouvait-elle avoir envie d'acheter pareil taudis ? J'étais épuisé d'avance à l'idée des discussions qui nous attendaient.

— Bon, tu viens ? lui lançai-je sur le pas de la porte.

— Oui. Mais attends. Regarde !

Je me retournai avec impatience et la vis dribbler avec un vieux pot de yaourt. Les deux mains sur le ventre, elle prit son élan, shoota dans le pot et marqua le but dans la cheminée.

L'accident

Gabrielle gisait sous le pare-chocs, la robe relevée jusqu'à la taille, le pied coincé dans une pédale de son vélo.

Le contenu de son sac s'était répandu sur le bitume – un téléphone portable, une bouteille d'eau minérale et ce livre au titre curieux : *Le Ravissement de Lol V. Stein*.

Adossé à une grosse roue de son camion, le conducteur se demandait comment l'accident avait pu se produire. Ce n'était pas le choc, qui avait provoqué la mort de la jeune femme, tentait-il de se convaincre : il l'avait à peine effleurée ; le corps ne portait d'ailleurs aucune blessure, il n'y avait pas trace de sang sur le sol…

Un attroupement se forma. Une passante serra la main de sa petite fille, elle se pencha vers la jeune défunte pour tirer sa robe sur ses cuisses bronzées.

Personne n'osa lui fermer les yeux.

Gabrielle ne semblait pas morte, seulement surprise que tout se soit arrêté ainsi.

Le messager

Martin fut prévenu assez tard dans la soirée. Gabrielle et lui n'étaient pas mariés. Il dut préciser la nature de leur relation avant qu'on lui annonce la nouvelle. Ensuite, le policier lui donna tous les détails : Gabrielle Odile Beauchan, professeur de lettres modernes au lycée Balzac, à Levallois-Perret, avait été renversée par un poids lourd dans l'après-midi à quelques rues du lycée qu'elle venait de quitter. Il indiqua aussi à Martin l'adresse de la chambre funéraire où l'on avait déposé le corps.

— Inutile de vous y précipiter, ajouta-t-il. Allez-y demain, c'est ouvert de huit à dix-huit heures. Nous avons prévenu les parents, ils seront habilités à reconnaître leur fille.

Fleurs d'étoiles

Les yeux brouillés par les larmes, Martin ouvrit la porte-fenêtre du salon. Il sortit dans le jardin en titubant, se heurtant aux arbustes, aux clôtures, puis il aperçut les dix-huit têtes blanches qui se balançaient dans l'obscurité.

Il se dirigea vers elles, se pencha, entendit le rire de Gabrielle : « Les anémones n'ont aucun parfum, mon amour, ou alors si léger que seul un vrai jardinier pourrait le percevoir. Mais tu n'es pas un vrai jardinier. Observe plutôt la pureté de ces fleurs : on croirait des étoiles descendues trop bas, trop près de la terre, et qui flottent, indécises, juste au-dessus du sol comme si elles ne se résignaient ni à tomber, ni à remonter au firmament… »

Morgue

Le lendemain, Martin fut éveillé par un appel de Blanche, la mère de Gabrielle.

Elle et Yves, son père, quittaient Poitiers et seraient à la morgue en fin de matinée.

— Il n'avait pas l'air de bien comprendre, dit Blanche à Yves en raccrochant.

Déni

À la morgue, Yves et Blanche reconnurent Gabrielle.

Martin pas du tout.

Ces lèvres, il les avait contemplées si souvent : il avait toujours eu envie d'y poser les siennes quand son aimée fermait les yeux de cette manière.

Mais pas ici.

Pas dans ce lieu, ce décorum, cette lumière…

Il prit Gabrielle dans ses bras.

Un appariteur intervint juste à temps.

On avança une chaise sur laquelle on obligea Martin à s'asseoir tandis que Blanche lui tamponnait le front d'un mouchoir très rêche.

— Évidemment, expliqua le psychiatre du centre, appelé en urgence, Martin voulait voir Gabrielle une dernière fois dans leur lit, au milieu de leurs bibelots, de leur conjugalité… C'était l'éternelle histoire d'Éros et de Thanatos. Orphée lui-même…

— N'importe quoi ! s'écria Martin.

L'homme de l'art cocha la case *Déni* sur son grand formulaire et prévint Martin que seule une entreprise de pompes funèbres pouvait se charger de la dépouille. Les particuliers ne sont pas autorisés à le faire, ajouta-t-il.

Martin plongea alors dans une véritable fureur : il n'était pas un particulier. Il était l'amant, le veuf, l'amour de la défunte !

Blanche et Yves parvinrent à le calmer.

Sans lui dire grand-chose, en vérité.

Un certain *silence* était de mise.

Finalement, tous trois dirent adieu à Gabrielle selon les normes administratives en vigueur. On remit à Martin le vélo, le cartable, les vêtements, le sac et les effets personnels de Gabrielle ramassés sur la chaussée, ainsi qu'un certificat de décès.

— Vous en aurez besoin, lui dit la secrétaire du centre.

— Pour quoi faire ?

— Prouver que la défunte n'est plus, monsieur.

Un doute s'insinua alors dans l'esprit de Martin.

Il ne put jamais tout à fait s'en défaire.

Dispersions

Tous les trois dînèrent dans le jardin. L'absence de Gabrielle était palpable. Martin nota que l'hortensia pâlissait. Ses fleurs deviendraient bientôt comme de la paille. Gabrielle les coupait chaque automne pour les conserver dans un vase où elles se momifiaient ; elles s'y paraient de couleurs souvent plus subtiles qu'au moment de leur floraison : au lieu de les flétrir, le temps les sublimait.

Gabrielle était trop jeune pour avoir prévu ce que l'on ferait d'elle après sa mort. Martin eût aimé l'enterrer dans le jardin. Malheureusement, même les plus misanthropes – et Gabrielle ne l'était pas – devaient rejoindre leurs semblables au cimetière.

La vision d'un couvercle de bois vernis qu'on refermerait sur le visage de sa bien-aimée horrifia Martin. Le bois n'était pas en cause, bien entendu, mais l'idée de mettre Gabrielle en boîte autrement que par un jeu de mots lui était insupportable. Il refusait tout ce qui permettrait de se débarrasser d'elle, quelle que soit la manière dont on s'y prendrait pour ne pas employer ce verbe, qui désignait pourtant bel et bien le but de l'opération.

— Prenons une décision ! s'impatienta Yves.

Martin se rappela alors qu'abordant le sujet de leur mort — ce qu'ils faisaient comme tout un chacun, de temps à autre, avec une feinte désinvolture — son aimée affirmait qu'elle souhaiterait être incinérée pour être dispersée dans son jardin.

— *Dispersée ?* s'exclama la mère.

— Elle ? Si entière, si concentrée ? s'étonna le père.

— Oui, je t'assure, riait-elle. Dispersée, dispersée, répéta Martin à plusieurs reprises, avant que l'émotion ne l'étrangle.

Les deux parents s'attendrirent à cette évocation de leur fille. Ils n'eurent pas le courage d'expliquer à Martin que les cendres humaines, elles aussi, devaient être répandues dans un genre de cimetières appelés « jardins du souvenir ».

Qui les dénoncerait ?

La nuit put alors enfin tomber sur leurs trois douleurs, ce qu'elle fit sereinement, presque paisiblement.

Aucun d'eux n'eut envie de se lever pour aller allumer la terrasse. La pénombre les saisit tous les trois dans leur chagrin. On eût dit qu'elle les pénétrait, qu'ils en devenaient des fragments, peut-être plus denses ou plus lourds que les autres, mais presque invisibles, et comme légèrement décollés.

Gymnopédies

Les obsèques eurent lieu le surlendemain. Il n'y eut pas à proprement parler de cérémonie. Ni Gabrielle, ni ses parents, ni Martin ne pratiquaient aucune religion.

Martin ne parvint pas à échapper au traumatisme de la boîte. Avec la crémation, il n'avait pas pensé qu'il y en aurait une. Il avait imaginé sa bien-aimée enveloppée d'un linge immaculé, déposée sur une planche et glissant peu à peu dans les flammes. Ce fut une grosse déception d'être contraint d'utiliser un cercueil et de voir celui-ci goulûment avalé par un four. Mais il tâcha de se réconforter en songeant qu'on leur remettrait Gabrielle un peu plus tard, dans une boîte plus petite et dont ils pourraient disposer à leur guise.

L'incinération se déroula au rythme des *Gymnopédies*, d'Erik Satie. Gabrielle les écoutait beaucoup depuis leur retour de vacances. Quand Martin les avait proposées aux parents de Gabrielle, ce nom leur avait paru bizarre pour une musique d'enterrement. Mais ils ne pouvaient rien refuser à Martin dans l'état où il se trouvait. Finalement, ce fut une surprise pour tous deux que la découverte de ces mélodies malicieuses et subtiles, dont ils crurent reconnaître – à tort mais avec soulagement – quelques notes entendues dans une publicité dont ils cherchèrent le produit en vain pendant la crémation ; elles leur rendirent ce moment moins pénible qu'ils ne l'avaient redouté.

Les amis

Gabrielle distinguait ses amis en deux catégories : ceux *des livres*, qu'elle voyait à la bibliothèque ou au lycée, et ceux *des plantes*, qu'elle rencontrait chez les pépiniéristes ou dans les foires aux plantes de la région. Martin les confondait tous – vieilles dames amoureuses de Marcel Proust ou des fougères arborescentes, créateurs de jardins feng shui ou poètes du dimanche, fleuristes aux mains calleuses, botanistes pensifs…

Il les croisait une fois par an le second week-end de juillet, lors de la fête du Tilleul qu'avait instaurée Gabrielle. On festoyait deux jours durant dans le jardin sous l'enivrante floraison du grand arbre; on se lisait des poèmes et l'on s'échangeait des boutures. Martin était trop occupé par le barbecue à surveiller, les bouteilles à ouvrir, les salades à assaisonner pour faire vraiment connaissance. Il avait retrouvé les numéros des amis des deux genres sur le portable de Gabrielle. Les premiers s'étaient offerts à prévenir les suivants et la nouvelle de sa mort s'était répandue comme une traînée de poudre.

Après l'incinération, tous se retrouvèrent dans le jardin, où un buffet fut dressé. Yves avait apporté une caisse de saint-estèphe, le vin préféré de sa fille, et Blanche préparé son dessert favori : une tarte au citron meringuée.

Pour Martin, l'absurdité de toutes ces attentions le disputait à leur perversité – Gabrielle étant bien la seule, ce jour-là, à ne pas pouvoir en profiter. Il comprit que la difficulté de son deuil résiderait moins dans la disparition de son aimée que dans la lutte impitoyable qu'il devrait mener contre ceux qui lui survivaient. Et, voyant tout à coup leur multitude envahir le jardin, il renonça à y disperser ses cendres après le café, comme il était prévu. Dès que Blanche eut servi sa tarte inconséquente, il déclara d'une voix où perçait une froide colère qu'il n'avait pas la force de voir Gabrielle piétinée par ses parents, proches et amis, une coupe de champagne à la main, sur sa propre pelouse. Il invitait chaque participant à finir ce qu'il avait dans son assiette et à vider les lieux.

Résistance

Une fois seul, Martin ouvrit l'urne funéraire qu'on lui avait remise.

Il fut frappé de stupeur : Gabrielle avait fait très peu de cendres.

Cette avarice d'elle-même lui ressemblait si peu qu'il se demanda si on ne lui avait pas remis les cendres de quelqu'un d'autre.

Un enfant, un chat, un nain ?

Qui sait ?

Il tenta de joindre l'entreprise chargée des obsèques sans y parvenir, et décida de ne rien faire tant qu'il n'aurait pas l'assurance formelle qu'il s'agissait bien des cendres de Gabrielle.

Assis sur le canapé du salon, il fixait l'urne fautive, posée sur la table basse, avec suspicion, tâchant d'anticiper toutes les démarches qu'il lui faudrait entreprendre si l'erreur se confirmait : administrations à convaincre, formulaires à remplir, plaintes à déposer. Puis il pensa à tous ces bébés que des infirmières corrompues échangent, dit-on, dans les maternités à l'insu de leur mère…

— Quel idiot je fais ! pensa-t-il.

Alors il se leva et transporta l'urne sur la terrasse.

L'hortensia *Gabriella*

Martin rouvrit l'urne en détournant son visage du petit tas de cendres, de crainte que ses larmes n'en altèrent la volatilité. Il croisa le regard de la vieille dame du premier, qui lui fit un petit signe de ses yeux azur, puis s'éloigna discrètement de sa fenêtre.

Il ne se rappelait aucun désir formulé par Gabrielle quant à sa dispersion. Compte tenu de la quantité de cendres, il ne pouvait se permettre d'en saupoudrer tout le jardin – ou alors ce serait vraiment une pincée par-ci par-là. Il n'avait pas imaginé que répandre les cendres de sa bien-aimée fût aussi complexe ; il avait anticipé la symbolique du geste, non le geste lui-même. Devait-il saisir les cendres par poignées pour les semer à la volée, ou bien retourner l'urne au-dessus d'une plante ? Mais laquelle ? À présent, il voyait Gabrielle se pencher sur chaque rosier, arroser chaque brin d'herbe, détacher une à une les fleurs fanées du rhododendron…

C'est alors qu'une bourrasque de vent souffla dans le jardin.

Il eut à peine le temps de fermer les yeux.

Quand le vent eut cessé, il avança à tâtons vers les deux marches et, sentant bruisser sous ses doigts une boule de pétales, frotta son visage et cligna des paupières.

Il se tenait devant le grand hortensia.

Un nuage, qui avait eu la fantaisie de prendre la forme d'un cœur, s'était déposé au pied de la plante. Martin le fixa comme si Gabrielle allait y apparaître. Il aurait voulu aussi prononcer quelques incantations, mais son aimée mettait un point d'honneur à nommer de leur nom botanique toutes les plantes de son jardin, il chercha en vain le nom de celle-ci.

Tant pis, finit-il par dire, je te baptise. Désormais, tu seras l'hortensia *Gabriella*.

Cependant aucun prodige n'eut lieu. Aucun souffle magique ne vint animer la cendre déposée sur le sol.

Martin resta seul dans le jardin.

Automatismes

Dans la soirée, le portable de Gabrielle sonna. Martin l'avait remis dans le sac qu'on lui avait rendu à la morgue, puis il avait abandonné le sac dans l'entrée, comme Gabrielle l'eût fait elle-même. Le temps qu'il y retrouve le portable, Blanche avait raccroché.

Il la rappela.

— Excusez-moi, Martin, je me suis trompée de numéro, dit-elle, c'est l'habitude. Il faudra que je le supprime…

Elle ne lui fit aucun reproche à propos du déjeuner.

— Je voulais seulement vous prévenir que nous étions bien arrivés…

Puis elle étouffa un sanglot et Martin ne sut quoi dire.

Dans le silence, le portable de Gabrielle émit un petit bip.

— Je ne vous retiens pas davantage, reprit enfin Blanche. Mais pensez à résilier son abonnement.

Elle raccrocha.

Le portable indiquait « batterie faible », et Martin le brancha pour le recharger.

Les ruses de l'amour

Tout s'était passé si vite. Il semblait presque à Martin que Gabrielle avait simplement prolongé ses vacances. Il retourna au travail en justifiant ses trois jours d'absence par une mauvaise angine. Le soir, en rentrant, il fut soulagé de constater que rien n'avait changé dans l'appartement. Chaque objet était à sa place, le silence qui régnait était semblable à celui qui l'accueillait quelques jours plus tôt. Pour un peu, Martin se serait cru au soir vaguement cafardeux d'une rentrée ordinaire.

Il rangeait sa veste dans le placard, jetait un œil à la fenêtre, cherchait sa bien-aimée dans le salon, le bureau, revenait dans leur chambre et la découvrait sur leur lit, en train de lire.

— Tu m'as fait peur, lui disait-il.

— Je voulais te faire une surprise !

— La fenêtre était ouverte ?

— Oui.

— Un voleur pourrait entrer alors.

— Oui, un voleur… ou moi ! riait-elle.

Gabrielle allait et venait sans cesse entre l'appartement et le jardin.

Elle semblait toujours un peu *ailleurs*.

— À quoi tu penses ?

— Je me concentre.

— Tu as plutôt l'air distraite.

— Précisément : je me concentre sur ma distraction, s'amusait-elle.

Dans la vie de Gabrielle, il y avait Martin, ses parents, ses élèves, sa bibliothèque, son jardin et ses amis des deux genres.

Dans celle de Martin, il y avait Gabrielle.

Leur couple se fondait sur une confiante autonomie ; ils n'étaient pas ligotés l'un à l'autre. Qu'il y eût un risque – celui d'une infidélité, ou que s'épuise l'amour – ils ne l'ignoraient pas, ils le négligeaient. C'est une forme de perfection conjugale presque inaccessible à l'entendement humain. Dans leur entourage, ceux qui la devinaient l'estimaient fragile – une erreur fréquente, qui signait sa réussite, laquelle n'en était pas une puisqu'ils n'avaient rien atteint, ne s'étant fixé aucun but. Gabrielle et Martin ne se représentaient pas leur amour comme un produit fini, acquis, clos sur lui-même, mais plutôt comme un *flux* déroulé jour après jour, nuit après nuit, dans une espèce de ruse douce et subtile.

La machine à ressentir

La mort de Gabrielle entra dans ce flux.

Martin lava la robe qu'elle portait le jour de son accident et la suspendit dans *son* placard. Il lava et plia aussi ses sous-vêtements dans *son* tiroir de commode : il tenait à ne rien changer à la répartition des rangements. Il conserva jusqu'au désordre que sa bien-aimée avait laissé dans la salle de bains. Crèmes, eaux de toilette, rouges à lèvres encombraient désormais inutilement la tablette, mais restaient pour Martin des signes indubitables de la présence de Gabrielle. L'appartement était ainsi balisé d'empreintes et de signaux minuscules, déclencheurs de souvenirs au moindre effleurement, qu'il fût visuel, tactile, olfactif, voire auditif. Un geste aussi anodin que refermer un livre laissé ouvert par Gabrielle risquait d'engloutir à jamais une fragile image d'elle.

Mieux valait tout laisser en l'état.

Il appela la femme de ménage et ne parvint pas à lui annoncer la mort de Gabrielle. « J'ai perdu mon travail, prétendit-il, je m'occuperai du ménage moi-même jusqu'à ce que j'en trouve un autre. » Il avait débité la première chose qui lui était passée par la tête, certain que lui seul était désormais capable de naviguer entre l'hygiène et la continuité, dont l'alliance, toujours précaire, risquait d'être remise en question au premier coup d'éponge ou de torchon.

L'appartement devint alors une véritable *machine à ressentir* : un lieu de sensualité permanente, où les mouvements inconscients de Martin s'accomplissaient à loisir, sans rencontrer aucun obstacle. Matin et soir, il lui suffisait de passer de pièce en pièce pour constater que les jeux de la mémoire et de l'amour s'y poursuivaient librement.

Aucun risque d'intrusion : Yves et Blanche habitaient Poitiers ; Martin n'avait pas connu ses parents ; Gabrielle et lui n'avaient pas eu d'enfants – en avoir eût été un grand bonheur, n'en pas avoir une paisible réalité.

Les amis des deux genres s'évanouirent, intimidés par la douleur de Martin ou désintéressés du lieu après la mort de sa propriétaire. Certains envoyèrent un mot pour remercier du déjeuner qui avait suivi l'incinération. Martin ignora leur maladresse, ne retint que leur cruauté. Il n'était pourtant pas à proprement parler *déplacé* de remercier pour un déjeuner donné en l'honneur de Gabrielle, dont on fêtait ainsi la trop brève existence. Mais Martin avait cru cette existence éternelle, comme leur amour. Il n'avait jamais eu conscience qu'elle puisse un jour s'achever, que Gabrielle cesse un jour de parler, de bouger, de travailler, de lire ou de corriger des copies sous ses yeux : bref, d'être présente à sa manière si absente de l'être – et de l'aimer. À présent, il lui restait si peu de Gabrielle qu'il ne voulait plus le partager avec personne.

Le lit

Comment eût-il partagé la douleur qu'il éprouva le jour où il dut changer les draps de leur lit ?

Ce lit qui n'allait plus être le *leur*, mais le sien.

C'était l'endroit le plus incertain de tout l'appartement. Celui où la présence et l'absence de sa bien-aimée se mêlaient de la façon la plus étroite. Chacun y avait eu sa place – une place impossible à indiquer sans le secours de la main : Gabrielle ici, Martin là. Gabrielle à droite, Martin à gauche, s'ils sont debout, de face. Gabrielle à gauche, Martin à droite, s'ils s'y allongent… Cet ordre que dictait l'habitude n'était remis en question que par les fantaisies de l'Amour. Leurs repères alors se brouillaient pour révéler d'autres territoires, de nouvelles cartes que dessinaient leurs corps assemblés au mépris des frontières ordinaires, bafouant les accords diplomatiques, pactes de non-agression et eaux territoriales de la vie à deux.

Désormais, la carte était définitive.

Et Martin pouvait prendre toute la place.

Le lit devint pour lui un endroit redoutable. Son sommeil y exacerbait l'absence de Gabrielle en proportion de ce qu'elle y accroissait sa présence à lui. Il refusa cette *place* à laquelle il voulut garder la même éternité qu'à tout le reste de l'appartement. Des nuits entières, il lutta contre les mouvements involontaires de son sommeil, n'empiétant jamais sur la limite au-delà de laquelle l'odeur des draps, l'empreinte du matelas, la consistance de l'oreiller n'étaient plus les siennes. Il ne s'autorisait que des incursions contrôlées, temporaires, et toujours à la lumière vigilante de sa lampe de chevet, pour pleurer Gabrielle là où il croyait encore pouvoir la trouver : à sa place. Seul détenteur de ce savoir essentiel, mais dérisoire, il tentait d'exorciser ainsi l'absence du corps de son amante.

Un matin, cependant, il ouvrit les yeux sur quatre épais volumes posés sur la table de chevet de Gabrielle.

Ils lui assenèrent le même titre à quatre reprises :

Mémoires d'outre-tombe – Tome 1.
Mémoires d'outre-tombe – Tome 2.
Mémoires d'outre-tombe – Tome 3.
Mémoires d'outre-tombe – Tome 4.

Vaincu, Martin enfouit sa tête dans l'oreiller de son aimée. Il se rappela alors que Gabrielle changeait les draps tous les vendredis. L'odeur de lessive qu'ils respiraient en se couchant ces soirs-là était pour tous deux synonyme de week-end. Martin prit conscience qu'il n'avait pas changé les draps depuis qu'il vivait sans Gabrielle, c'est-à-dire qu'il ne vivait plus. Pour ne pas faire entorse à la règle, il décida de patienter deux nuits supplémentaires. Ce furent deux nuits d'un adieu interminable, déchirant, à l'odeur du corps de son amante ; elle imprégnait ses draps – blancs, comme tous ceux qu'achetait Gabrielle. Mais quand ceux-ci seraient propres et rangés dans une armoire, rien ne permettrait plus de les distinguer des autres…

Martin ne put s'y résoudre.

G

Il vola un marqueur noir dans une salle de réunion de l'entreprise où il travaillait. Une secrétaire le surprit en train de glisser le marqueur dans sa poche.

— Ma femme a eu un accident, lâcha-t-il.

Ces mots n'expliquaient rien, mais ils eurent le mérite de distraire le témoin gênant, déconcerté, perplexe, et finalement flatté de la confidence.

— Ce n'est pas grave, au moins ?

— Non, ça va mieux, merci, répondit Martin.

Le soir même, il marqua les quatre coins des *derniers draps de Gabrielle* d'un G majuscule, n'ajouta pas d'autre linge dans la machine, n'utilisa aucun assouplissant, choisit la température la plus basse et lança le programme de lavage minimum. Quand il sortit les draps du tambour, les quatre G s'y étaient incrustés.

Livres et jardins

Le seul qui aurait pu contraindre Martin à l'acceptation de sa perte était le jardin. Mais même du vivant de Gabrielle, Martin s'y était toujours senti un peu étranger. À chaque printemps, Gabrielle lui présentait pourtant ses nouvelles plantes : Jacques Cartier, Madame Lecoultre, Ghislaine de Féligonde, Pierre de Ronsard, Nelly Moser… En plus de leurs noms botaniques, presque toutes portaient des noms de personnes. Le jardin les assimilait sans effort apparent.

Martin, lui, s'y perdait.

Il en était de même pour la bibliothèque – régulièrement fécondée de livres nouveaux qui traînaient plusieurs semaines sur la table, le tapis ou le canapé du salon, avant de disparaître et de réapparaître, selon une saisonnalité livresque dont il n'avait jamais réussi à percer le secret.

— *Les plantes sont des mots et les livres de petits jardins*, prétendait Gabrielle.

Martin préférait observer le vrai jardin des fenêtres.

— Si tu l'avais connu *avant*, disait-elle encore.

Elle aimait raconter comment elle avait métamorphosé cette terre ingrate, rongée par les racines du tilleul, pour la transformer en jardin. Son premier travail avait été d'arracher les aucubas qui s'y multipliaient ; elle avait ensuite retourné le sol, l'avait enrichi d'engrais, avant de planter des clématites, des jasmins, des rosiers-lianes contre les murs, et le gros hortensia près de la terrasse. Plus loin, des fougères, des hostas, des anémones, et contre la clôture : des seringats, azalées, buis, rhododendrons, capables de pousser à l'ombre du grand arbre. Jusqu'à cette mince pelouse, dont la verdeur tenait du miracle…

Martin tentait parfois d'imaginer sa bien-aimée en train de se livrer à ces travaux de force. Mais c'était une autre Gabrielle — plus jeune et qu'il n'avait pas connue.

Chimère

Le jardin n'avait pas l'air de souffrir de son absence.

Martin se demanda combien de temps il profiterait ainsi de la patience de la nature, dont il quémandait la complicité, mais redoutait l'intransigeance. Il lui serait moins facile d'entretenir le jardin que l'appartement. Le jardin, lui, ne se laisserait pas faire, même si l'on ne faisait rien. C'est à peine si Martin pouvait espérer un délai de grâce dû à l'automne tardif de cette année-là. Les forces conjuguées du climat et de la vigueur des plantes lui permettraient peut-être d'obtenir un flétrissement des fleurs moins rapide, une chute des feuilles plus lente. Pas davantage. Il recompta les anémones : elles n'étaient déjà plus que douze sur les dix-huit qu'il avait comptées le soir de l'accident – douze étoiles immaculées, qui flottaient au-dessus des haies de buis et tentaient d'abolir les lois du cosmos depuis la mort de Gabrielle…

Les inflorescences de l'hortensia commençaient aussi à faner. Martin se souvint d'avoir entendu Gabrielle expliquer qu'elle effritait de l'ardoise à son pied chaque printemps pour lui conserver sa couleur bleue. Où s'en procurait-elle ? Et qu'adviendrait-il s'il n'en trouvait pas ? Il avait le temps d'y penser. Mais ne pas couper les fleurs de l'hortensia pour les faire sécher eût été déroger à une habitude automnale bien établie.

Il prit son courage à deux mains, traversa la terrasse et se dirigea vers le cabanon du fond du jardin que Gabrielle appelait son *cottage*. Il n'avait pas le souvenir d'y être entré depuis qu'elle le lui avait fait visiter, le jour où il s'était installé chez elle – son vélo était toujours dehors, il n'avait pas eu la force de l'y ranger. Une couverture, où gisaient une tablette de chocolat entamée ainsi qu'un livre au titre curieux – *L'Amant de Lady Chatterley* —, s'étalait sur le sol. Martin ne s'y attarda pas. Il décrocha le sécateur qui se balançait à un clou de la porte et ressortit aussitôt.

Il lui fallut un moment avant de pouvoir refermer les deux lames sur la première branche du *Gabriella*.

Il réussit à couper les cinq fleurs.

Autant dire : les cinq doigts de la main.

Mais il ne parvint pas à jeter le bouquet de l'année dernière qui avait séché dans le vase d'opaline céladon, où Gabrielle l'installait toujours – *avec très peu d'eau*, précisait-elle. Il y enfonça les nouvelles tiges. Le vieux bouquet se transforma alors en un animal échevelé, fantastique, un peu fou : une Chimère que Gabrielle eût aimée.

Usufruit

Martin fut convoqué chez le notaire. Blanche et Yves avaient insisté pour que tout fût réglé rapidement. En toute logique, ils héritaient de l'appartement à l'achat duquel ils avaient contribué. Le notaire expliqua cependant que Martin en conserverait l'usufruit : il pouvait jouir du bien jusqu'à la fin de ses jours, à charge pour lui *d'en conserver la substance* (art. 578 du Code civil).

Comment leur fille, qui n'avait pris aucune disposition pour ses obsèques, avait-elle pu faire un testament en faveur de ce garçon, qui n'était même pas leur gendre !

Yves et Blanche partageaient la même indignation.

Mais aucun d'eux n'osa l'exprimer.

Ils embrassèrent Martin froidement sur le trottoir et rentrèrent aussitôt à Poitiers.

Feuilles

La première feuille du tilleul se détacha un dimanche. Elle fut emportée par le vent avant d'atteindre le sol. S'ensuivit une journée de pluie, bénéfique pour le jardin assoiffé, qui en fit tomber plusieurs autres.

Martin se demandait ce qu'il craignait le plus : la nudité des arbres ou les feuilles à ramasser ? Il ne se rappelait pas avoir vu Gabrielle s'en occuper — pas plus qu'il ne se rappelait l'avoir vue tailler les rosiers ni tondre la pelouse.

— *Il ne faut pas peser*, disait-elle.

Gabrielle ne pesait jamais. Qu'un coup de vent vienne à casser une branche, sa main experte agissait sans qu'on s'en rendît compte.

Parfois, il lui suffisait d'une nuit.

— Je me suis levée, avouait-elle au matin.

Pendant leurs vacances, le jardin les attendait, à peine échevelé à leur retour, comme un enfant qu'on a laissé jouer dehors trop longtemps. Mais il était l'enfant de Gabrielle, non celui de Martin. Aussi ce dernier guettait-il avec anxiété la première feuille du tilleul qui camperait sur le petit carré de pelouse, car elle donnerait le signal aux suivantes.

Mémoire d'outre-tombe

Le plus souvent, Martin observait le jardin de la petite pièce attenante au salon, posté dans l'angle des deux fenêtres.

Un dimanche, il passa derrière le bureau, tira la chaise de Gabrielle et s'y installa. Il éprouva alors une joie inattendue en découvrant le monde tel que son aimée le voyait – le fauteuil de cuir, pour lire près des fenêtres, la petite table en hêtre qui supportait l'imprimante et, sur le bureau : une lampe à bras, deux gros pots de stylos, le vase d'opaline orné de sa Chimère…

En rentrant de la morgue, il avait posé le cartable de Gabrielle sur la droite du bureau, à plat, comme elle en avait l'habitude. Le rabat était pourvu d'une petite serrure, cassée depuis longtemps. Il le souleva et trouva à l'intérieur un lutin contenant les cours de sa journée, et plusieurs stylos rouges ainsi qu'un paquet de copies retenues par un élastique.

Il sortit les copies, au-dessus desquelles une feuille portait cette consigne écrite de la main de Gabrielle :

« Vous commenterez cet extrait des *Mémoires d'outre-tombe* en montrant comment s'y exprime le romantisme du jeune François-René. »

Suivait ce texte dactylographié :

D'autres fois, je suivais un chemin abandonné, une onde ornée de ses plantes rivulaires ; j'écoutais les bruits qui sortent des lieux infréquentés ; je prêtais l'oreille à chaque arbre. Je croyais entendre la clarté de la lune chanter dans les bois : je voulais redire ces plaisirs et les paroles expiraient sur mes lèvres. Je ne sais comment je retrouvais encore ma déesse dans les accents d'une voix, dans les frémissements d'une harpe, dans les sons veloutés ou liquides d'un cor ou d'un harmonica. Il serait trop long de raconter les beaux voyages que je faisais avec ma fleur d'amour ; comment main en main nous visitions les ruines célèbres, Venise, Rome, Athènes, Jérusalem, Memphis, Carthage ; comment nous franchissions les mers ; comment nous demandions le bonheur aux palmiers d'Otahiti, aux bosquets embaumés d'Amboine et de Tidor. Comment au sommet de l'Himalaya nous allions réveiller l'aurore ; comment nous descendions les fleuves saints dont les vagues épandues entourent les pagodes aux boules d'or ; comment nous dormions aux rives du Gange, tandis que le bengali, perché sur le mât d'une nacelle de bambou, chantait sa barcarolle indienne.

Sorcellerie

Martin ne lisait aucun livre, rarement le journal, jamais de fictions et moins encore de Mémoires. Les deux passions de Gabrielle, livres et jardins, lui restaient étrangères – et c'est justement pour quoi il l'aimait.

Il commença à parcourir les copies par curiosité, puis il se prit au jeu : il trouva un stylo rouge dans le cartable de Gabrielle et entreprit de les corriger.

La nuit tombait déjà quand on frappa au carreau.

Martin se leva et s'approcha de la fenêtre. Une branche de rosier se jeta sur son visage, heureusement stoppée par la vitre ; elle virevolta sur elle-même, repartit à l'assaut du treillis où elle tenta de se raccrocher, mais le vent ne la laissa pas faire : il la décrocha pour la secouer de nouveau. Épuisée, au bord de la rupture, la branche revint alors frapper de plus belle au carreau…

Ne pouvant en supporter davantage, Martin actionna la télécommande pour abaisser le volet roulant et ne plus entendre crisser sur la vitre *les griffes de l'orpheline*

– il employa cette image mentalement, pour lui-même, s'amusant d'avoir pris goût à une certaine rhétorique après avoir corrigé les copies de Gabrielle.

Envoi

Le lendemain, il écrivit une lettre au proviseur du lycée, expliquant qu'il avait trouvé les copies corrigées de Gabrielle sur son bureau. Il mit la lettre au-dessus des copies, attacha le tout avec un élastique et se demanda s'il devait ajouter le certificat de décès, puis se souvint que le proviseur – et même plusieurs élèves – était présent le jour de l'incinération.

Il posta le paquet en allant à son travail avec le sentiment d'avoir prolongé la vie de sa bien-aimée. Ne continuerait-elle pas d'exister dans l'esprit de ses élèves, tandis que ceux-ci découvriraient leurs notes, toutes excellentes, et liraient ses annotations dont la bienveillance leur ferait regretter que l'année ait été si courte avec elle ?

Mais il eut à peine le temps de glisser l'enveloppe dans la boîte aux lettres. Il dut courir jusqu'à sa voiture, où il s'effondra sur le volant, le corps secoué de sanglots.

Très vite, le désarroi gagna la rue entière : quoi de plus

troublant qu'un véhicule à l'arrêt dont le conducteur est à son poste ?

En passant à sa hauteur, une fillette s'écria :

— Il pleure, le monsieur !

— Tais-toi ! répondit sa mère.

Martin actionna le lave-vitre.

Il observa un long moment le va-et-vient des essuie-glaces.

Panne

Ainsi, Martin était en panne.

En tant qu'être humain, non en tant qu'être social – de ce côté-là, pour le moment, tout allait bien : il donnait parfaitement le change, mangeait, dormait, travaillait, faisait ses courses, son ménage, ne négligeait aucune de ses existences de citoyen, de salarié, de consommateur qui poursuivaient leur cours normal ; il parvenait à les vivre simultanément, moyennant quelques manipulations sur la réalité auxquelles il se livrait dans le cadre strictement privé de son appartement.

Mais corriger et poster des copies de Gabrielle excédait les limites du raisonnable.

La réponse ne se fit pas attendre.

Correction

Le 26 octobre 2015

Cher Monsieur,

J'ai bien reçu les copies que vous dites avoir trouvées corrigées sur le bureau de mademoiselle Beauchan. Sachez cependant que les élèves ont été fort surpris. Ils les lui avaient en effet remises à l'issue de leur dernier cours avec elle, soit un quart d'heure avant son fatal accident. Il est donc impossible que mademoiselle Beauchan ait pu les corriger elle-même.

À vrai dire, j'ignore ce qui peut pousser quelqu'un à agir de la sorte. Il me semble qu'il existe d'autres moyens, plus sincères et plus dignes, d'honorer la mémoire d'un être qui vous fut cher.

En tout cas, les morts ne sont pas des marionnettes que l'on peut agiter pour tromper son chagrin.

Quoi qu'il en soit, je vous souhaite, cher monsieur, un deuil aussi apaisé que possible.

R. J. — Proviseur

La réalité

Ce fut une rude leçon pour Martin.

La réalité n'était-elle pas assez riche pour alimenter le souvenir de Gabrielle sans avoir recours à de tels stratagèmes ?

Bien au contraire, et elle le lui prouva le jour même.

Marionnette

La nouvelle selon laquelle la femme de Martin Robinson avait eu un accident n'avait pas tardé à se répandre dans l'entreprise où il travaillait. La secrétaire, témoin de son larcin dans la salle de réunion, avait rapidement divulgué sa confidence. On croyait Martin célibataire ; on fut détrompé à cette occasion. La distance qu'il instaurait dans les rapports professionnels lui avait toujours évité toute question personnelle. Aussi fut-il pris au dépourvu quand son chef l'interrogea sur la santé de *sa femme* au beau milieu de la cafétéria.

— Je n'ai pas eu le temps de m'inquiéter, répondit-il.

— En tout cas, si tu as besoin de quelques jours, n'hésite pas.

Les morts ne sont pas des marionnettes, se rappela Martin en le remerciant sobrement.

Il répugna néanmoins à annoncer le décès de Gabrielle devant la machine à café, entouré de tous ses collègues.

— Qu'est-ce qu'elle fait ? lui demanda alors l'un d'eux.

— Prof de français.

— Tiens ! Où ça ?

— Au lycée Balzac, à Levallois.

Justement, Dubois avait voulu y inscrire son fils. La carte scolaire l'en avait empêché, la femme de Martin pourrait sans doute intervenir… Martin fut obligé d'inventer qu'elle était intervenue deux fois cette année pour des amis, et qu'elle avait épuisé son quota. Il se mordit les lèvres, mais il était trop tard.

Vexé, Dubois tourna les talons.

Communication

Le soir même, un certain Charlie laissa un message sur le portable de Gabrielle *pour prévenir mademoiselle Beauchan qu'il ne pourrait pas passer cette semaine*. Martin n'avait jamais entendu cette voix, et ne trouva aucun Charlie dans le répertoire du portable de Gabrielle.

Il n'osa pas rappeler, mais le surlendemain reçut un SMS du même numéro :

Pourquoi ne décrochez-vous pas ?

Il décida alors de répondre :

Parce que je suis malade.
J'espère que ce n'est pas grave ?
Non.
Vous êtes sûre ?
Oui.
Qu'est-ce que vous avez exactement ?
Rien de grave, ne vous inquiétez pas.

Tout va bien ?
Mais oui !
Bon, alors appelez-moi dès que vous irez mieux.
Bien sûr.
Bon rétablissement !
Merci.
Au revoir.

La revanche de l'Esprit

C'était à croire qu'en corrigeant ses copies Martin avait provoqué l'*Esprit* de Gabrielle.

En vérité, il ne pouvait tout simplement pas se résoudre à accepter sa disparition.

Il vivait – ou plutôt survivait – entre hier et aujourd'hui, le temps de l'amour et le temps de la mort, sans parvenir à couper leurs derniers ponts…

Nomadisme

C'est ainsi que le sac de Gabrielle émigra dans le placard dévolu aux manteaux : Martin prit l'habitude de l'en sortir ou de l'y ranger au gré de ses allées et venues, comme elle l'eût fait elle-même. Il commença aussi à utiliser alternativement sa brosse à dents et celle de Gabrielle, ce qui, à la longue, devait conférer aux deux brosses une usure identique. Enfin, il prit plaisir à vaporiser deux ou trois jets d'*Heure bleue*, l'eau de toilette de son aimée, sur les draps et taies d'oreiller du vendredi. Seuls les cosmétiques, rouges à lèvres, mascaras, demeuraient intacts sur la tablette de la salle de bains, en raison d'une résistance toute masculine inculquée à Martin dès l'enfance.

Peut-être le dernier barrage à sa folie.

Avec les livres, en revanche, l'inconscient prit nettement le pas sur la volonté. Du vivant de Gabrielle, il était rare que les mêmes livres restent très longtemps au même endroit : depuis plus d'un mois, les yeux de Martin tombaient toujours sur ceux qu'elle avait laissés au matin de sa disparition. Il décida d'intervenir, posa celui qui était resté au pied du canapé sur le bureau, celui ouvert sur la table de la salle à manger sur celle du salon et inversement ; puis, devant la complexité de telles manœuvres, résolut finalement de tous les remplacer. Il rangea les livres épars dans la bibliothèque et en choisit d'autres, qu'il dissémina dans l'appartement à la manière de Gabrielle.

Au début, ses critères étaient fort imprécis. Il cherchait les titres dont il se rappelait avoir entendu parler par sa bien-aimée. Cette ressource s'épuisa vite. Il se souvint alors qu'elle marquait d'une croix le coin supérieur de certaines pages, dont elle soulignait des phrases ou des passages entiers ; il parcourut les livres à la recherche de ces signes, intrigué, amusé, surpris tour à tour par les choix de son aimée : jamais il ne s'était penché sur ce qui l'arrêtait au cours de ses lectures. Ce fut comme s'il découvrait qu'elle menait une vie parallèle, dont le secret tenait à la nécessité qu'il le demeure autant qu'à l'impossibilité d'en comprendre le sens.

Cependant, si bien souvent il lui semblait inexplicable que Gabrielle ait souligné certaines phrases et non d'autres, il lui arrivait aussi de leur donner une signification qu'elles n'avaient sans doute pas eue pour elle. En les lisant, puis en déposant les livres qui les recelaient un peu partout dans l'appartement, en croisant leurs titres des yeux les jours qui suivaient, en se remémorant les mots soulignés, en les relisant et, surtout, en éprouvant de plus en plus fréquemment le désir impérieux de le faire – il atteignit à plusieurs reprises une certaine forme d'*éternité* :

les phrases soulignées par Gabrielle abolissaient de façon réelle, quoique fugace, l'irréductible contradiction entre la vie et la mort.

Ainsi lut-il dans le *Journal* de Kafka cette phrase, d'une résonance étrange avec les sentiments qu'il éprouvait lui-même à l'égard du jardin depuis sa disparition :

Je suis jaloux de la nature qui, tout en étant heureuse, inépuisable, est pourtant visiblement poussée au travail par la détresse (comme moi), mais satisfait toujours aux exigences de l'ennemi. Elle est si légère, si musicale.

Ou celle-ci, découverte dans une correspondance de R.M. Rilke :

Depuis des semaines, sauf de courtes interruptions, je n'ai pas prononcé une seule parole ; ma solitude se referme enfin et je suis dans le travail comme le noyau dans son fruit.

Ou encore ce passage des *Propos* d'Alain, intitulé « Le culte des morts », que, par une prescience troublante, Gabrielle avait souligné et dont le philosophe semblait interpeller Martin en personne :

Ulysse leur portait à manger ; nous leur portons des fleurs ; mais toutes les offrandes ne sont que pour tourner nos pensées vers eux et mettre la conversation en train. Il est assez clair que c'est la pensée des morts que l'on veut évoquer et non leur corps ; et il est clair que c'est en nous-mêmes que leur pen-

sée dort. Les morts pensent, parlent et agissent ; mais il faut les entendre. Tout cela est en nous, tout cela est bien vivant en nous. Aussi cela est plein de sens de se demander ce que les morts veulent. Et regardez bien, écoutez bien ; les morts veulent vivre ; ils veulent vivre : en nous.

Jardinage

Le texte d'Alain donna à Martin le courage de retourner au jardin le jour de la Toussaint, afin d'y honorer la mémoire de Gabrielle. Il n'y avait plus remis les pieds depuis qu'il avait coupé les fleurs du *Gabriella.* S'y tenir au lieu de l'observer derrière la vitre transforma sa plate image en une multitude de sensations ; elle l'enrichit de mille reliefs, odeurs, fraîcheur d'automne, pépiement d'oiseaux, vrombissement des voitures et grondement lointain de la ville…

Mais surtout : le jardin était impeccable ; vu des fenêtres, cela n'était pas si frappant.

Aucune feuille morte ne traînait sur l'herbe ni sur les haies. Martin ne voyait même plus *l'orpheline*, cette branche du rosier qui s'était jetée à sa tête le soir où il avait corrigé les copies de Gabrielle. On ne la distinguait pas de ses sœurs, auxquelles elle s'était à nouveau emmêlée. De lui-même, le vent avait remis les choses en place, raccroché la branche du rosier, dispersé les feuilles comme il l'avait fait pour les cendres de Gabrielle quelques semaines plus tôt.

Mouchoirs d'automne

Hélas, les feuilles tombèrent en abondance les jours qui suivirent sans que le vent ni la pluie y aient eu la moindre part.

Le dimanche, Martin contemplait à nouveau le jardin des fenêtres du bureau avec anxiété : le spectacle de dizaines de mouchoirs d'or déposés sur la pelouse, accrochés aux arbustes, couvrant la haie de buis, l'oppressait.

Il lui tardait de voir le vent les emporter.

Aussi ne cessait-il de scruter les branches du tilleul, comme un marin les voiles de son bateau…

Ismaël et John

Ce n'est que quinze jours plus tard, un samedi en fin d'après-midi, que le vent se leva enfin. Enfoncé dans le canapé du salon, Martin sursauta, mais ne leva pas les yeux quand une violente rafale donna le coup d'envoi.

Appelez-moi Ismaël

Cette phrase, soulignée par Gabrielle – la première de *Moby Dick* –, l'avait embarqué sur le *Pequod*, le navire du capitaine Achab lancé à la poursuite de la baleine blanche. Martin avait lu toutes celles qui suivaient, captivé par ce livre au texte aride qu'il acheva dans une atmosphère de tempête.

Quand il le referma, la nuit était tombée.

Le lendemain, il ouvrit les volets : les branches du tilleul étaient nues, un soleil pâle répandait sur le jardin une lumière vive, douloureuse, et une marée de feuilles recouvrait le gazon tout entier.

Elle clapotait jusqu'au bas des fenêtres et cernait le *Gabriella* d'un bouillonnement d'or.

La sombre humeur de Martin ne passa pas inaperçue au bureau. On l'interrogea de nouveau sur la santé de sa femme ; il inventa qu'elle avait fait une *rechute* – ce qui était à peu près la vérité.

Le soir, en renouvelant les livres du salon, il découvrit *La Bête dans la jungle*, d'Henry James. Son attention fut attirée par le titre. Il l'ouvrit dans l'espoir d'y trouver une solution pour le jardin, mais l'histoire de ce John Marcher – qui attend toute sa vie *quelque chose de rare et d'étrange*, tout en restant obstinément aveugle à l'amour de May Bartram, dont la mort lui révèle, trop tard, que c'était précisément *la chose* qu'il attendait – ne lui fut d'aucun secours. Elle ne fit que le plonger davantage dans son insondable et cruelle nostalgie de l'amour de Gabrielle.

Invitation

Le samedi suivant, quand Martin ouvrit les volets, plus une feuille ne traînait dans le jardin.

Il se précipita dehors.

Au premier étage, la vieille dame aux yeux azur lui sourit derrière sa vitre.

Le vent ? Comment ça le vent ?

Il n'avait rien entendu ? Pourtant, c'était une vraie tempête !

Absorbé par *Le Tour d'écrou* – une histoire de revenants qu'emporté par le magnétisme des phrases d'Henry James, il avait lue dans l'élan de *La Bête dans la jungle* –, Martin avait peine à reconnaître le jardin.

Il appela Blanche aussitôt, se rendant compte trop tard qu'il le faisait du portable de Gabrielle.

— Par pitié, gémit-elle.

— Pardon.

— Franchement…

— Excusez-moi, Blanche. Je voulais seulement savoir si c'était vous qui étiez venue ramasser les feuilles ?

— Les feuilles ? Quelles feuilles ?

— Les feuilles du jardin.

— De *votre* jardin vous voulez dire ? Vous plaisantez ? Je vous rappelle que c'est vous l'usufruitier. Moi, je ne suis que la nue-propriétaire, répondit-elle. Je n'ai donc pas la clef !

— Ah, oui, c'est vrai. Excusez-moi.

— Dites, vous n'avez pas l'air d'aller très bien. Vous ne restez pas seul au moins ? Qu'est-ce que vous faites pour Noël ? Pourquoi ne viendriez-vous pas à la maison, comme d'habitude ? Ça me ferait plaisir, à Yves aussi…

Le sapin

Ce mot de Noël, prononcé par Blanche, ouvrit la mémoire de Martin à vif. Chaque année à cette époque, par exemple, Gabrielle décidait de planter un sapin dans le jardin, avant d'y renoncer, pour des raisons obscures et qui l'étaient restées.

Martin décida d'exaucer ce vœu.

Un soir, en rentrant du bureau, il acheta un sapin vivant, en pot — *Abies nordmanniana* précisait l'étiquette –, ainsi qu'une guirlande électrique. Sans attendre, il promena le sapin de droite et de gauche dans le jardin et lui trouva rapidement un endroit près du tilleul ; mais les racines du grand arbre affleuraient à la surface et interdisaient d'y creuser un trou.

Près du cottage, le sapin aurait formé avec la cabane un tableau charmant. Hélas, il serait aussi face à la salle de bains et Martin ne jouirait guère du spectacle, sauf à ouvrir la fenêtre en faisant sa toilette – sans compter le fil de la guirlande électrique, qu'il faudrait faire courir le long de la baignoire pour le brancher.

Entre le seringat et le buis, le sapin aurait également été visible de la fenêtre du bureau, mais cette fois, c'était les racines du seringat qui formaient dans la terre un écheveau trop dense…

Finalement, Martin installa le sapin dans son pot près du tilleul en le calant avec une pierre.

Le soir, quand il ferma les volets, il eut presque un haut-le-cœur en voyant cette silhouette noire figée dans son élan, comme si elle attendait l'obscurité pour prendre la fuite. Autour d'elle, les plantes du jardin, dépourvues de feuilles, semblaient des spectres menaçants : qui était ce Nordmann de passage qu'on n'avait même pas pu planter dans le jardin ?

Blanche

Martin appela Blanche et déclina son invitation. Il avait deux solutions pour venir à bout de son chagrin, le prévint-elle : repasser par toutes les circonstances qu'il avait vécues avec Gabrielle afin d'en épuiser la douleur – ou les éviter ; s'il choisissait la seconde, c'était à ses risques et périls.

C'est pourtant ce qu'il fit.

Il demanda une semaine de congé et l'obtint facilement. Son chef avait à cœur d'être agréable à *la femme de Martin* après l'épreuve qu'elle avait traversée – il en profita pour demander à Martin si elle pourrait lui fournir quelques conseils de lecture, puisqu'elle était professeur de français. Le lendemain, Martin lui fournit la liste des livres qu'il avait lus depuis l'accident de Gabrielle : *Moby Dick*, *La Bête dans la jungle*, *Le Tour d'écrou* — auxquels il ajouta les *Mémoires d'outre-tombe*.

Il patienta jusqu'au 24 décembre pour décorer le sapin. Il le laissa dans son pot, près du tilleul, mais fit un trou à la perceuse dans le bois de la fenêtre du bureau : il démonta la prise, introduisit le fil de la guirlande, remonta la prise pour la brancher à l'intérieur. La guirlande — une succession de petites ampoules bleues, jaunes, rouges – clignotait deux fois par couleur et trois fois tout entière. Il la déploya sur les branches du sapin. La vieille dame aux yeux azur du premier l'observait. Quand il eut terminé, elle battit des mains à sa fenêtre.

Merci !

Et Joyeux Noël !

Le livre de Gabrielle

Le soir du 24 décembre, Martin déboucha l'avant-dernière bouteille de saint-estèphe qu'Yves avait apportée. Il fit du feu, se mit à feuilleter quelques livres en y cherchant des phrases soulignées par Gabrielle :

La femme aux seins d'hermine se tenait à l'entrée du passage Jouffroy dans la lumière des chansons.

À ces êtres-là, à ces êtres de fuite, leur nature, notre inquiétude attache des ailes.

Depuis l'instant où il la revoit jusqu'à l'instant où il la reconnaît telle qu'il l'aime, il a un chemin à parcourir.

Jeu sans fin.

Chaque titre en appelait un autre et les phrases semblaient se répondre.

Parfois, une gorgée de vin venait emplir la bouche de Martin tandis que les mots se succédaient sous ses yeux dans un ordre fortuit, qui lui semblait inévitable. En s'ajustant les unes aux autres, les phrases l'entraînaient dans leur ronde et finissaient par ne plus former qu'un seul livre.

Blanche avait prévu pour Martin une souffrance accrue, la solitude et la douleur de l'absence plus cruelle un jour de fête. Porté par une ivresse de mots et de vin, il était en train d'échapper à sa sinistre prophétie, quand tout à coup il leva les yeux.

Alors, il vit *sa douleur*.

Elle était là, tapie sous les branches noires du Nordmann, à l'endroit même où sont déposés chaque année les paquets enrubannés, merveilleuses surprises et attentions délicates – tout l'amour de Gabrielle en cadeau.

Ce soir, sous le sapin, il n'y avait rien.

Martin posa son livre.

Il actionna la télécommande des volets.

Les fenêtres devinrent de grands miroirs de ténèbres.

Il versa ce qui restait de la bouteille de saint-estèphe dans son verre et tenta de reprendre ses lectures.

En vain. Les phrases avaient cessé de s'accorder.

Leur sens lui échappait quelle que fût leur justesse, leur précision.

Il – car son sexe n'était pas douteux, quoique la mode du temps fît quelque chose pour le déguiser – faisait siffler son épée à coups de taille contre une tête de Maure qui, pendue aux poutres, oscillait.

Que n'était-il ce personnage de Virginia Woolf, capable de traverser l'Espace et le Temps pour retrouver l'être aimé ?

Orlando

Il s'éveilla dans le silence.

Dehors, le monde entier semblait avoir disparu.

Il passa dans la salle de bains. Au-dessus du lavabo, un enfant de quarante-cinq ans l'observait – un blondinet, les yeux grossis par des lunettes et le torse coupé par un alignement de cosmétiques.

Les miroirs devraient réfléchir avant de nous renvoyer notre image.

Gabrielle avait dû souligner cette phrase quelque part.

Il referma le rouge à lèvres qu'Orlando avait laissé ouvert hier soir.

Les morts ne sont pas des marionnettes et les vivants non plus, pensa-t-il.

Il se fit du café, puis se mit en devoir de ramasser les livres qui traînaient dans le salon – *Poisson soluble,* d'André Breton, *La Fugitive*, de Marcel Proust, *L'Identité*, de Milan Kundera, *Orlando*, de Virginia Woolf…

Son portable sonna.

À Poitiers, on croulait sous la neige. Yves avait dû dégager le trottoir à la pelle. Blanche et lui avaient passé la soirée dans un restaurant gastronomique.

Trois étoiles !

— Et vous, mon pauvre Martin ?

Neiges

Martin sortit pieds nus sur la terrasse, aveuglé un instant par le bloc de lumière qui tomba sur ses yeux. De petites lames de givre entraient dans sa peau, le froid se coulait entre ses jambes. La table et les chaises étaient devenues d'étranges statues ; il mima autour d'elles une danse de barbare, puis leva les yeux vers le premier étage.

Les volets de la vieille dame étaient clos.

Le jardin semblait sans limites, un grand corps démesurément allongé : les angles émoussés des plantes formaient un paysage doux et brillant. Par intermittence, la guirlande électrique lançait des lueurs rouges, jaunes et vertes à la surface, tandis qu'à l'angle du mur les branches du *Gabriella*, couvertes de givre, scintillaient.

Silence, éternité

Au cours de la semaine, Martin ne sortit qu'une seule fois de l'appartement, pour se ravitailler. Comme il n'avait d'autre vue que sur le jardin, il vécut les derniers jours de l'année dans un isolement total.

Silence, éternité.

Il employa la seule demi-journée ensoleillée à faire un bonhomme de neige, qu'il dressa sur la terrasse, avec la neige qui la recouvrait, afin de conserver intacte celle du jardin. Ce n'est que lorsqu'il eut terminé qu'il se rendit compte que son bonhomme était une bonne femme : de longs cheveux tombaient sur des épaules d'où émergeait un visage qui rappelait les sculptures en marbre blanc de Rodin. *L'inachèvement est perfection*, avait déclaré Gabrielle le jour où elle avait entraîné Martin rue de Varenne à Paris, pour lui faire visiter la maison et le jardin du maître.

Les volets du premier se levèrent.

Martin fit signe à la vieille dame. Il voulait lui présenter son œuvre, mais elle ne répondit pas.

Les yeux d'azur le regardaient sans le voir.

Vœux

L'isolement de Martin ne fut rompu que le 1er janvier par un nouvel appel de Blanche. C'était moins l'acharnement de Blanche à respecter les conventions que ses phrases contournées, suspendues par l'esquive d'un prénom dont on sentait tout l'effort qu'elle faisait pour réussir à le taire, qui irritaient Martin.

GA

BRI

ELLE

Pour Blanche, ces trois syllabes désignaient déjà un souvenir. Martin préférait encore les vœux intéressés des opérateurs téléphoniques, des banques, des assurances que son aimée continuait de recevoir sur son portable. Tous souhaitaient chance et prospérité à leurs fidèles clients, dont, grâce à Martin, Gabrielle faisait toujours partie. Gabrielle reçut également des vœux d'inconnus qui, par erreur ou générosité, envoyaient leurs souhaits de bonheur à la terre entière. Martin ne résista pas à la tentation d'envoyer ceux de Gabrielle à Charlie, dont il n'avait plus eu de nouvelles depuis son unique SMS.

Ce dernier répondit presque aussitôt :

Oui bien sûr, excusez-moi.

À vous aussi !

Meilleurs vœux d'Afrique !

Martin eut envie de demander à Charlie ce qu'il faisait en Afrique, mais il craignit de l'importuner ou d'entrer avec lui dans une relation trop familière. Il l'aurait bien rejoint pour trouver un peu de chaleur. Il s'imagina en train de voguer sur le *Pequod* du capitaine Achab, longeant des côtes bordées de falaises ocre et rouges d'où Charlie lui faisait de grands signes. Il ordonnait à l'équipage de jeter l'ancre, débarquait en chaloupe, avec Gabrielle. Charlie venait les accueillir en jeep sur la plage, puis, le soir, à la lueur d'un grand feu destiné à éloigner les bêtes sauvages, leur racontait ses découvertes : le lac Victoria, les neiges du Kilimandjaro, les cimetières d'éléphants… Il ne manquait pas non plus d'exhiber les cicatrices qui labouraient son dos, preuve et souvenir d'un récent combat contre un lion mangeur d'hommes. Le lendemain, au petit jour, Charlie proposerait à Gabrielle de la conduire dans la savane, à la recherche de boutures et de graines qu'elle planterait dans son jardin à leur retour, tandis que Martin les attendrait sur le pont du *Pequod*, fumant une pipe d'ébène et méditant sur les infinis pouvoirs du rêve… Et il pense que les gens seraient bien épouvantés s'ils savaient ce qu'en imagination de parfaits inconnus leur font faire.

Reprise

Martin éprouva un sentiment de vacuité brutal en retournant au bureau.

Sa vie parallèle avait culminé au moment des fêtes, pourquoi devait-elle s'interrompre le 2 janvier ?

Elle se poursuivit donc – mais l'éloigna de ses collègues, dont les existences convergeaient toutes vers des réalités plus tangibles que la sienne. Pour eux, c'était la reprise, les sombres journées d'hiver, le froid, la routine…

Plus personne n'interrogeait Martin sur *sa femme*.

Changement de perspective

Chaque soir, Martin contemplait son Nordmann avec satisfaction. Couvert de neige, orné de sa guirlande électrique, lui au moins ne changeait pas. Martin pensait même que son sapin finirait par se fondre parmi les autres arbustes quand il lui trouva, un soir, quelque chose d'étrange.

Illusion d'optique ?

Effet de la neige trop abondante ?

Il ne se rappelait pas l'avoir installé si près du tilleul.

Armé d'une lampe de poche, il sortit et marcha sur la neige avec précaution. Quelqu'un n'avait pas eu ce scrupule : non seulement le sapin avait été déplacé de plusieurs centimètres, mais on avait piétiné la neige tout autour du pot. Or, sauf à escalader le mur, il était impossible de pénétrer dans le jardin autrement qu'en passant par l'appartement. Martin y courut pour allumer les pièces une à une.

Personne.

Il ressortit dans le jardin.

Les traces de pas le conduisirent jusqu'au cottage. Elles

s'emmêlaient devant l'entrée pour le contourner. Il dut se glisser contre le mur, se trouva presque aussitôt face à un rideau de lierre, hésita, tendit le bras, traversa – et c'est ainsi qu'il découvrit *la porte* du jardin.

C'était une vieille porte de fer noire à la peinture écaillée, dont il ignorait l'existence. Il s'acharna à tirer la poignée sans succès, rentra, fouilla tous les tiroirs pour en trouver la clef, en vain.

Le lendemain, à la première heure, il appela le syndic : la porte du jardin donnait sur un chemin vicinal qui menait à la rue de Longpont, parallèle à la leur ; elle permettait aux pompiers d'intervenir en cas d'urgence ou aux propriétaires de faire élaguer leurs arbres. Quant à la clef, mieux valait changer la serrure afin d'éviter les cambriolages.

Confusion

En quelques jours, toute la substance du jardin sembla s'échapper par cette porte : la neige fondit, la femme de neige s'amenuisa.

Un matin, elle perdit la tête.

Martin la reconstitua avec la neige qui restait. Mais la nouvelle tête fondit à son tour, bientôt suivie par le corps tout entier.

Au bureau, Martin commença à parler d'un sapin que *sa femme* avait acheté pour Noël et que quelqu'un avait déplacé, après s'être introduit chez lui par une porte mystérieusement apparue dans sa clôture et dont il n'avait pas la clef…

Chaque matin, il s'éloignait à regret du jardin ; chaque soir, il s'y précipitait. Bien que la neige ait fini par disparaître, le froid restait vif et la terre encore trop dure pour conserver la moindre empreinte. Rien n'indiquait que le jardin ait été visité dans la journée, rien ne prouvait le contraire.

Il passait son temps posté aux fenêtres, courait de l'une

à l'autre, sortait, entrait, ressortait, croyant toujours avoir entrevu, distingué, deviné quelque chose ou quelqu'un. Sans cesse, il allait vérifier la serrure de la porte du jardin que, malgré les conseils du syndic, il se refusait à changer avant d'avoir démasqué l'intrus.

Un samedi, il monta au premier pour interroger la vieille dame et sonna en vain. Il redescendit, sortit dans le jardin et se rendit compte que les volets étaient clos – comme ils l'étaient d'ailleurs depuis plusieurs jours.

Il espérait et désespérait tour à tour.

Échafaudait mille hypothèses.

Relisait le certificat de décès, considérait l'urne funéraire comme un témoin peu crédible, consultait le *Gabriella*, le suppliait de lui rendre Gabrielle à genoux, en prenant ses branches à pleines mains…

Ressources humaines

C'est à ce moment-là qu'il fut convoqué à la direction du personnel de son entreprise.

La directrice, une jeune femme déterminée, avait obtenu une promotion récente après avoir suivi un master de management en cours du soir.

— J'attends un appel important, lui dit-elle en lui faisant signe de s'asseoir après lui avoir serré la main.

Elle posa son téléphone ostensiblement devant elle et commença :

— Avant tout, Martin, je voudrais revenir sur les mois qui viennent de s'écouler, si vous le permettez.

Martin acquiesça.

— En septembre dernier, nous avons appris que votre compagne avait été victime d'un accident et cela malgré votre discrétion coutumière. Comme vous le savez, les bruits courent très vite dans notre entreprise. Tout le monde s'en est ému, ce qui est bien normal, et vous avez fait l'objet de la part de vos collègues et de votre hiérarchie d'une attention à laquelle vous avez répondu avec une ouverture dont je tiens à vous féliciter.

Elle jeta un coup d'œil sur son portable.

— Avez-vous quelque chose à ajouter ?

La jeune femme appliquait excellemment la procédure qu'on lui avait enseignée.

Martin secoua la tête.

— *Ressources humaines* n'est pas un vain mot pour moi et je n'en suis pas la directrice par hasard. Malheureusement, il y a eu cette histoire avec Dubois, reprit-elle.

— Une histoire ?

— En effet. Vous avez refusé devant témoin d'intervenir pour l'inscription de son fils dans le lycée où enseigne votre compagne. Je vous rassure, vous en aviez parfaitement le droit.

Être objectif, proscrire toute forme de partialité.

— Néanmoins, Dubois a rencontré le proviseur de l'établissement.

Elle ménagea un silence pesant, dont elle profita pour jeter de nouveau un œil sur son portable.

— Gabrielle Beauchan est bien le nom de votre compagne, n'est-ce pas ?

Martin hocha la tête.

— Soyons clairs, Martin, je ne suis pas payée pour m'immiscer dans la vie privée de nos collaborateurs. Ce que vous vivez est certainement douloureux, encore que le déni ne soit pas une solution. Ce qui ne nous tue pas nous rend plus fort, dit le poète…

Une phrase que Gabrielle n'aurait jamais soulignée, pensa Martin.

— Mais mon rôle est de veiller à l'intérêt de l'entreprise. Or, les rumeurs qui courent aujourd'hui sur votre compte ne sont plus des rumeurs anodines…

Être factuel, précis. Indiquer en quoi le comportement défectueux du collaborateur pose problème.

Il s'était créé une sorte de *bulle* autour de l'affabulation de Martin, expliqua-t-elle, un peu comme on parle de bulle immobilière. Certains salariés affirmaient avoir peur de lui, même s'il ne s'était jamais montré agressif. C'en était au point que son chef n'osait plus s'adresser à lui directement. Il lui avait demandé d'intervenir, en tant que directrice des ressources humaines, après avoir été pris à partie par plusieurs collaborateurs, dont certains commençaient à refuser de travailler avec Martin.

— Je suis inquiète, Martin, déclara-t-elle en observant son portable toujours silencieux, très inquiète.

Inciter le collaborateur à trouver la solution par lui-même.

— Que proposez-vous ?

Martin n'en avait pas la moindre idée.

— Il est de mon devoir de vous dire que votre maintien chez nous devient très difficile, reprit-elle après une courte pause, pour ne pas dire impossible. Aussi, à moins bien sûr que vous ne préfériez nous quitter, ce que nous regretterions vivement, je vous propose de rejoindre notre site de Marseille. Cela vous permettrait d'évoluer dans un environnement professionnel plus favorable et de vous reconstruire sur un plan personnel. Dans un premier temps, vous pourriez par exemple…

Le portable de Martin vibra dans sa poche.

— Excusez-moi, dit-il en le sortant.

C'était un SMS de Blanche : *Martin, je ne voudrais pas vous embêter, mais il faudrait bientôt tailler les rosiers. Je pensais venir vous aider. Qu'en pensez-vous ?*

Il rangea son portable.

La directrice le fusilla du regard.

— L'entretien est clos, siffla-t-elle. J'attends votre réponse. Mais ne tardez pas. Avec moi, quand c'est terminé, c'est terminé !

« Les Dix Règles d'or de l'entretien de recadrage[1] »

1. Rencontrer rapidement le collaborateur en l'absence de tiers.

2. Distinguer l'erreur et le collaborateur.

3. Proscrire toute agressivité à l'égard de la personne, rester impartial, objectif.

4. Être factuel et précis. Indiquer en quoi le comportement défectueux pose problème au manager, à l'équipe, à l'entreprise.

5. Vérifier l'accord du collaborateur sur les faits désignés (il est important qu'il reconnaisse les faits).

6. Inviter le collaborateur à expliquer les raisons éventuelles de son comportement.

7. Exprimer un ressenti personnel en tant que manager : « Je suis inquiet car… » ou encore : « Je suis en colère car… »

8. Inciter le collaborateur à trouver lui-même la solution et la formaliser ensuite (un échange de mails pourra faire office de référence).

1. Cabinet Fox and Loose.

9. Obtenir l'engagement du collaborateur à respecter ce plan.

10. Conclure en rassurant le collaborateur sur la confiance et l'estime qu'on lui porte.

La raison

Le lendemain, dans les couloirs de l'entreprise, Martin ne lisait plus la compassion dans les regards de ses collègues, mais la mesquinerie ordinaire du réalisme et du bon droit.

Pourtant, le fantôme de Gabrielle avait hanté l'entreprise avec la complicité de tous.

Quelle hypocrisie de le nier à présent.

Et surtout : pourquoi ne pas continuer ?

Il n'était pas nécessaire de renoncer à la raison, au réalisme, au bon droit, il fallait seulement accepter que la réalité vous offre plus qu'elle ne vous offrait d'ordinaire.

N'était-ce pas ainsi qu'il vivait, lui, depuis la mort de Gabrielle ?

Sur les roses

Le mystère de la porte du jardin n'était pas résolu pour autant. Quant aux rosiers, était-il indispensable de les tailler maintenant, comme le prétendait Blanche ?

Martin chercha un manuel de jardinage dans la bibliothèque et finit par en découvrir un qui s'était égaré parmi les philosophes – entre *Le Crépuscule des idoles*, de Nietzsche, et *Les Chemins qui ne mènent nulle part*, de Martin Heidegger.

Un damier illustrait la couverture, dont les quatre cases contenaient respectivement une châtaigne, une marguerite, une poire et un radis.

Quand il l'ouvrit, la reliure se cassa avec un bruit sec.

Il lui fallut presque la soirée entière pour venir à bout de l'article « Rosiers », un des plus longs du volume. Blanche avait raison : il fallait tailler les rosiers mi-mars au plus tard – sauf les *non-remontants* qui devaient l'être après la floraison. Cette information laissa Martin perplexe. Comment reconnaître un rosier *remontant* ? Les indications concernant la méthode le déconcertèrent davantage encore :

Le but est de conserver quelques branches principales (3 à 7) ; la taille doit réduire les pousses ligneuses et favoriser les jeunes ; on coupe donc 3 à 5 yeux, soit une distance de 15 à 21 centimètres du point de greffe ; bien sûr, comme toutes les tailles, on s'attache à dégager le centre de l'arbuste pour permettre le passage de la lumière et de l'air, gage de bonne santé et de belles fleurs !

Martin pensa qu'il comprendrait peut-être en se mettant à l'ouvrage. De toute façon, il préférait s'occuper seul du jardin. Le lendemain, il prit son courage à deux mains, alla chercher le sécateur dans le cottage et commença.

Il ne connaissait de rosiers qu'en fleur ; il chercha donc tout ce qui portait des épines, guidé par le souvenir qu'il avait du jardin tel qu'il apparaissait au printemps et au début de l'été. Tout de suite, quelque chose lui parut étrange. Mais il mit cette impression sur le compte de sa découverte de la porte, de l'intrusion qu'avait subie le jardin et de sa propre appréhension à tailler les rosiers. Il se mit en devoir d'attaquer le premier qu'il identifia comme tel, choisit une branche, compta méthodiquement les *yeux* – ou ce qui lui parut être des yeux – mais, à trois, ne trouva rien à couper. Il compta, recompta, craignit de se tromper, s'irrita, fustigeant l'auteur du manuel. À quoi ressemblaient donc des yeux de rosier ? Et comment le savoir ? Peut-être n'avait-il compté que le nez ou les oreilles !

Une phrase soulignée par Gabrielle lui revint alors en

mémoire : *J'ai vu ses yeux de fougère s'ouvrir un matin sur le monde...*

Il se redressa, balaya le jardin du regard.

Ce ne fut pas une illumination, mais un éblouissement plein de colère : *Je ne voudrais pas vous embêter, mais il faudrait bientôt tailler les rosiers*, écrivait Blanche.

Quelle hypocrite !

Martin laissa tomber son sécateur et courut spécialement chercher le portable de Gabrielle.

— Allô ? Ici Gabrielle, hurla-t-il dans l'oreille de Blanche. Oui, c'est moi, votre fille ! Je voulais vous dire que je suis bien vivante et que je taille mes rosiers moi-même !

Le cottage

Martin ramassa le sécateur et alla le ranger dans le cottage.

Pour la première fois, il remarqua qu'un matelas de mousse était étalé sur le sol : Blanche – puisque c'était elle ! – avait replié et posé par-dessus la couverture qui le lui avait dissimulé jusqu'alors ; elle avait aussi calé *L'Amant de lady Chatterley* sur une étagère avec plusieurs autres livres entre deux boîtes d'engrais. Martin vit qu'il y avait également une lampe et même un radiateur électrique branchés à une prise, installée sur le montant de la porte. Si j'avais su ! se dit-il, pensant à la guirlande du Nordmann.

Sa colère tomba tout à coup.

Il éprouvait la sensation d'avoir pénétré dans une maison de vacances qu'on eût mise en ordre et fermée pour l'hiver. Il hésita, se baissa, puis s'allongea sur le matelas de mousse, étroit, mince et pourtant confortable. Il posa la tête sur un vieil oreiller qui se trouvait là, croisa les bras derrière la tête et resta un long moment immobile, observant les lattes de bois qui soutenaient la toiture ; elles laissaient apparaître le dessous des tuiles : une combinaison de rectangles orange, jaunes et rouges pareille à celle d'un kaléidoscope…

Il sentit vibrer son portable.

Martin, je ne comprends rien ! Que se passe-t-il ?

Il répondit :

Vous êtes venue tailler les rosiers. Je ne vous ai rien demandé !

Mais je NE PEUX PAS *rentrer chez vous, vous savez bien que je n'ai* PAS *la clef !*

Troublé, Martin hésita.

Et la porte du jardin ?

Blanche mit un certain temps avant de lui répondre :

Quelle porte ?

Ne sachant plus quoi penser, il finit par éteindre son portable.

Quelle histoire de fou !

Et maintenant ? Devait-il s'attendre à voir Gabrielle apparaître dans la lumière tamisée du cottage ?

Car ici, on eût dit qu'elle vivait toujours à la lueur de l'ampoule nue, dans la poussière qui flottait, mue par une douce ironie ; elle habitait la rugosité des planches, l'étroitesse du matelas, le papier des livres retenus par les boîtes de corne broyée ou de sang séché…

Martin se tourna, enfouit son visage dans le vieil oreiller. Une odeur différente de celle de leur lit pénétra ses narines – plus âpre, plus rude : mélange de chevelure, de terre et de plume qui reléguait les émanations d'*Heure bleue*, dont il vaporisait leurs draps, au rang d'adjuvants chimiques. Gabrielle avait dû lire ici tant de livres, sa tête reposer tant d'heures qui n'étaient pas bleues mais limpides sur cet oreiller de mousse humide… Capitaine Achab, où étiez-vous ? Et vous, baleine blanche, plongée dans vos océans sans fin ? Et toi, John Marcher, comment peux-tu continuer à rester aveugle à l'amour de May Bartram après tant d'années ? Oh, Nadja, je t'en prie, ouvre tes yeux de fougère et toi, Orlando, emmène-moi et peu importe que je sois homme ou femme si je retrouve ma Gabrielle… Oui, vous tous, ayez pitié d'un pauvre veuf, d'un humain fait de chair et d'os ! Et transformez-le en un être de papier, car désormais je ne veux plus vivre autrement que dans les lignes d'un livre…

Martin pensa alors à la jeune femme si compétente et pétrie de certitudes, cette directrice du personnel qui n'était pas un personnage de roman, mais une personne réelle, si faible et si stupide, si peu maîtresse d'elle malgré ses règles d'or, à la merci d'un appel téléphonique qui ne venait pas et ne viendrait jamais. De qui ? de son chef ? de son amant ? de son enfant ?

De Dieu sans doute !

Oui, si faible et si stupide. Et tellement ignorante qu'elle voulait l'envoyer à Marseille.

Marseille ?

Et pourquoi pas Hong Kong ou Tombouctou !

Mutation

1er mars 2016

Madame la Directrice,

Je vous informe que je ne donnerai pas suite à votre proposition de mutation du 26 février dernier. Il m'est en effet impossible de m'éloigner de mon lieu de résidence actuel où me retient le souvenir d'une femme passionnément aimée.

Je vous laisse donc le soin de m'indiquer les conditions dans lesquelles mon départ de l'entreprise doit être envisagé.

Je vous prie d'agréer, Madame, l'expression de mes meilleures salutations.

Martin Robinson

Méthode

Martin déposa sa lettre à la DRH le lundi matin.

Dans les couloirs, les conversations s'interrompaient sur son passage : Martin Robinson, l'homme secret, se révélait un dangereux mythomane.

Sa discrétion : une ruse.

Sa perversion : incompatible avec le fonctionnement d'une entreprise.

La semaine suivante, il fut convoqué par son chef qui lui reprocha plusieurs fautes professionnelles passées inaperçues jusqu'alors. On supprima les missions extérieures de ses attributions – il n'était pas question qu'il entre en contact avec des clients auprès desquels il risquait d'altérer l'image de la société, bâtie à grand renfort de publicité. On supprima également les dépannages internes à l'entreprise, de crainte que son esprit négatif ne contamine ses collègues.

Bref, on le placardisait avec méthode.

Il n'eut bientôt rien à faire.

Son chef le convoqua pour le lui reprocher.

Comprenant qu'il n'avait plus rien à perdre, Martin lui répondit par cette question très simple : avez-vous, oui ou non, lu les livres de la liste fournie par *ma femme* avant les vacances de Noël à votre demande ?

Et, devant l'effarement de son supérieur hiérarchique, il lui conseilla la lecture de *Bartleby l'écrivain* — plus accessible, selon lui, que celle de *Moby Dick*, du même auteur, et particulièrement recommandé pour traiter les cas de médiocrité les plus résistants, comme le sien. Il en profita pour lui confier ses soupçons concernant la porte du jardin : je crains bien, affirma-t-il, que la directrice du personnel ne m'en ait subtilisé la clef au cours de notre rendez-vous...

Deux jours plus tard, il reçut un courrier qui lui fixait la date de son entretien préalable de licenciement.

L'entretien eut lieu dans le bureau de la directrice du personnel, assistée de deux témoins, et se déroula conformément aux préceptes managériaux les plus en vogue : Martin n'avait jamais été *force de proposition*, son comportement avait sapé *la confiance de ses supérieurs* et, malgré la *bienveillance* dont on avait fait preuve à son égard, n'avait pas su *rebondir*. La procédure nécessitait le respect de délais légaux incompressibles ; il fut dispensé de venir travailler jusqu'à leur terme.

Au vert !

Cette année-là, les giboulées de mars se prolongèrent jusqu'au début avril. La pluie ne cessa pas de tomber durant trois bonnes semaines. Martin lut à l'excès – un, deux, trois livres par jour ; c'est à peine s'il se rendait compte qu'il changeait de couverture. Il n'écoutait pas la radio, ne regardait pas la télévision, se faisait violence pour sortir faire ses courses entre deux livres.

Il se prit de passion pour Virginia Woolf.

Après *Orlando*, il fit la rencontre de *Mrs Dalloway*, alla au bout de *La Promenade au phare*, plongea dans *Les Vagues*. Par esprit de méthode, il avait décidé de lire tout ce qu'il trouvait d'un même auteur dans la bibliothèque de Gabrielle – lassé de faire confiance au hasard et craignant de s'y perdre, quand il se rendit compte qu'il avait lu deux fois, par inadvertance, *La Modification*, de Michel Butor.

Enfin, la pluie cessa.

Dans le jardin, crocus, muscaris, jonquilles avaient éclos un peu partout. Les biseaux trop clairs des rosiers taillés par Blanche s'estompaient peu à peu au profit de pousses vertes ou roses qui pointaient sur leurs branches. Le Nordmann, bien que resté dans son pot, portait des mèches verdâtres qui le rajeunissaient, les brins d'herbe sortaient de terre, le gazon reprenait vie, les buis se frangeaient de nouvelles feuilles…

Martin crut vivre son premier printemps. Il constata la prédominance de la couleur verte avec une stupeur extasiée. Il trouvait tout à fait prodigieux de voir une seule et même couleur envahir le jardin sous tant de variations subtiles. Il en compta exactement trente-six, qu'il s'appliqua à nommer dans une liste non exhaustive :

absinthe
amande
anis
anglais
avocat
bouteille
céladon
chartreuse
choux
eau
émeraude
Empire
épinard
gazon
glauque
jade
kaki

lichen
malachite
mélèze
menthe
menthe à l'eau
militaire
mousse
olive
opaline
perroquet
pistache
poireau
pomme
prairie
printemps
sauge
tilleul
Véronèse
vert-de-gris

Métaphores et comparaisons abondaient dans cette liste poétique, quoique parfaitement futile. Avec le temps, sans doute, Martin découvrirait-il d'autres verts, car cette couleur sourdait de chaque branche et s'étalait sur le moindre pouce de terre du jardin. Elle semblait colorer jusqu'au ciel lui-même, badigeonné de verdure par le grand pinceau feuillu du tilleul.

Mais Martin observait surtout, avec une attention particulière, les pousses minuscules qui naissaient sur les branches de l'hortensia *Gabriella*. La trace des cendres sur le sol avait disparu depuis longtemps, remplacée par trois jacinthes. Un peu plus loin poussait une tulipe rouge.

Elle n'aurait jamais vu le jour si Blanche n'avait pas déplacé le sapin.

Certifications

Martin reçut sa lettre de licenciement fin avril.

Deux jours plus tard, il se rendit pour la dernière fois dans l'entreprise où il avait travaillé pendant presque vingt ans. Il eut à faire à l'assistante de la directrice du personnel. Une femme douce, aux cheveux blancs, qui semblait avoir survécu dans cette entreprise au prix d'une dichotomie fatale à sa physionomie : ses yeux disaient *Je sais tout* et sa bouche *Je ne dirai rien.*

Elle remit à Martin un petit carton dans lequel elle avait réuni les affaires personnelles qu'il avait laissées dans le tiroir de son bureau – un agenda, un parapluie télescopique, un plan de la région parisienne – ainsi qu'une enveloppe contenant le chèque du montant de ses indemnités proportionnelles au temps où il avait travaillé dans le groupe et aux congés non pris ; à cela s'ajoutaient son solde de tout compte et un certificat de travail.

— Vous en aurez besoin, lui dit-elle.

— Pour quoi faire ?

— Mais prouver que vous avez travaillé chez nous, Martin.

Tout doit être donc certifié en ce bas monde, songea-t-il, pensant au certificat qu'on lui avait remis pour le décès de Gabrielle.

Dans la rue, humains et véhicules rivalisaient de violence dans une lutte sans merci.

Rejetant le fracas qui tournoyait autour de lui, Martin ne pensa qu'au miraculeux Éden qui l'attendait derrière la porte du jardin.

Photographie

Les beaux jours devenaient plus nombreux. Martin prit l'habitude de laisser toutes les fenêtres et la porte de la terrasse ouvertes.

Les équilibres se modifièrent. L'appartement entra dans le jardin, le jardin dans l'appartement. Les oiseaux oublièrent la distinction désuète entre le dehors et le dedans ; les insectes traversaient l'air, abusés par la continuité des espaces, et butinaient indifféremment un crocus ou une lampe. Tous les matins, un rouge-gorge entrait dans le bureau pour picorer les cerises du tapis de Chine.

Martin sortit la bergère et la plaça sous le tilleul où elle prit rapidement des pieds de tulipes – des *tulipes perroquets*, qui poussaient non pas réglementairement alignées, comme dans les jardins publics, mais au gré de leur fantaisie.

Désormais, Martin pouvait observer le jardin à loisir. Plus besoin de l'inspecter de fond en comble chaque jour, ni d'essayer de questionner les yeux azur du premier étage – dont les volets restaient obstinément clos.

Il prit l'habitude de faire ses courses par Internet ; il aurait pu s'inscrire au chômage de la même façon, mais rien ne le pressait. Il avait largement de quoi vivre plusieurs semaines avec ce qu'il avait touché pour son licenciement. Il passa donc le plus clair de son temps à lire, se tenant de plus en plus rarement sur le canapé du salon et préférant s'asseoir sous le tilleul, dans la bergère ; simplement, il se réfugiait dans le cottage quand il se mettait à pleuvoir.

C'est ainsi qu'un matin, allongé sur le matelas de mousse, tandis qu'il écoutait la pluie goutter de feuille en feuille d'un bout à l'autre du jardin, ses yeux tombèrent sur *L'Amant de lady Chatterley*. Ce livre était peut-être le dernier que Gabrielle avait lu dans le cottage. Il l'ouvrit, et ne put s'en détacher même bien après que la pluie eut cessé.

Parfois, il tournait la tête, distrait par le chant d'un oiseau. Un merle l'observait du pas de la porte, puis, sans doute surpris de ne pas trouver Gabrielle, s'envolait et Martin reprenait sa lecture sans avoir l'impression de s'être interrompu.

À la page deux cent cinquante-neuf, il s'assoupit.

Une photographie glissa du livre et tomba sur son nez.

C'était une famille africaine réunie devant un arbre dont les branches argentées ressemblaient à d'immenses racines, qu'on eût dites plantées directement dans le ciel. Le père, la mère, leur petite fille et leurs trois garçons d'environ cinq à dix-sept ans. La mère et la petite fille étaient vêtues de boubous jaunes ; le père, en boubou ivoire, brodé à l'encolure, posait une main sur l'épaule du plus jeune des garçons – tous les trois portaient des pantalons et chemises de wax indigo. L'aîné tenait à la main une longue fleur rouge, dont il avait l'air de faire grand cas.

Au dos, quelqu'un avait écrit :

Le Baobab : roi de l'Afrique !

Charlie

Quelqu'un toussa.

Martin cligna des yeux.

— Ah ! Vous l'avez retrouvée ? Elle date un peu, lui dit son rêve en se penchant vers lui. Voici mes parents, ma sœur Afiavi, mon frère Wilfried et là, mon petit frère, Max. Ici, c'est moi, avec la fleur rouge, un *hibiscus sabdariffa*... Bonjour, je suis Charlie !

Le rêve peut être d'une parfaite cohérence avec le réel.

Celui-ci était très réussi. Avec succès, il avait emboîté plusieurs morceaux de la réalité pour leur donner plus d'allure, plus d'attrait qu'elle ne leur en consentait d'ordinaire. Son visage avait mûri, un bleu de travail remplaçait son costume de wax indigo. Mais on reconnaissait très bien le garçon à la fleur rouge de la photographie.

Martin, pourtant, résista.

— Et comment seriez-vous entré ? demanda-t-il.

— Par la porte !

— Bien sûr. Laquelle ?

— Celle du jardin ?

— Évidemment. Alors je suppose que vous avez la clef?

Le rêve ouvrit sa grande main. Une clef dentue brillait dans sa paume.

— Voici la preuve, s'écria Martin. Vous êtes un rêve!

Charlie éclata de rire.

Il ne l'imaginait pas comme ça, ce Martin, avec ses petites lunettes rondes et ses cheveux blonds. Ce n'était pas un jardinier, assurément. *Il est dans l'informatique*, avait dit mademoiselle Beauchan.

Méfiant, Martin tourna la clef dans tous les sens et finit par la mettre dans sa poche.

Il se leva et sortit du cottage.

Charlie le suivit.

— Alors comme ça, vous vivez dehors?

Martin refusa de répondre.

La familiarité de Charlie avec le jardin était trop insolente : le jeune homme enjambait les haies, glissait entre les branches, dansait entre les plantes...

Il se dirigea vers la bergère, la souleva, découvrit un sol couvert de pousses jaunâtres.

— Oh là! Attention de ne pas m'écraser les tulipes! dit Charlie. Si vous tenez à mettre ce fauteuil ici, il faudra les déplacer. Elles ont besoin de lumière... Et j'en ai planté aussi là-bas, avec des jacinthes, tout autour de l'hortensia *serrata*...

— *Gabriella*, rectifia sèchement Martin.

Le visage de Charlie se figea.

Le jeune homme reposa lentement la bergère et Martin

le vit marcher à travers le jardin, toujours avec la même aisance, mais comme hésitant, soudain, intimidé.

Quand Charlie fut devant le *Gabriella*, il attendit un moment que son émotion se dissipe, éclaircit sa voix et, les mains jointes dans le dos, récita ceci :

Non loin de là
l'osier sauvage danse sur la rivière
au pied d'un hêtre pourpre
rêve une dryade rousse
Mauvais élève du chagrin noir
derrière le dos de la mort
le deuil et la douleur
bien vite se dissipent
et le crocodile et le saule
rient aux larmes

Jacques Prévert, *Arbres*.

L'enfant jardinier

L'osier sauvage, le hêtre pourpre, le crocodile et le saule qui riaient aux larmes – Charlie pouvait tout expliquer. Ce jour-là, dans la classe de mademoiselle Beauchan, il avait levé le doigt. Surprise, mademoiselle Beauchan l'avait écouté – ses camarades aussi.

Mademoiselle Beauchan lui avait demandé de venir la voir à la fin du cours.

« C'était très bien, ton intervention, Charlie, lui dit-elle. Tu devrais lever le doigt plus souvent. »

Alors, un barrage s'était rompu, libérant un flot de paroles.

Charlie connaissait bien la *dryade rousse* pour l'avoir croisée souvent. Le *chagrin noir* aussi. Il en parlait avec une passion qui pouvait paraître bizarre chez un enfant de son âge, mais il parlait toujours ainsi. Il ne l'ignorait pas : cette façon d'être dérangeait ceux qui l'écoutaient ; c'est pourquoi, en général il préférait se taire…

Mais là, il n'avait pas pu.

Sa famille était originaire du Bénin. Ils habitaient au

onzième étage d'une tour de Nanterre dans le quartier Pablo-Picasso. Charlie avait installé des dizaines de pots, un arrosage automatique, des lampes solaires sur l'unique balcon, devenu peu à peu une excroissance de verdure affleurant sur la façade de l'immeuble : un nuage de feuilles suspendu au-dessus de la quatre-voies, une forêt flottante, un écosystème au complet.

Charlie connaissait dans leurs moindres recoins tous les jardins et les squares du secteur. Sceaux, Bagatelle, le bois de Boulogne… Chaque dimanche, il partait herboriser en RER, rapportait des boutures, récoltait des graines qu'il lui arrivait de dénicher au coin des rues, dans la jointure des trottoirs, au pied des arbres. Récemment, il avait repéré près d'un garage de Puteaux un *mimosa* échappé de chez un fleuriste qu'il prélèverait bientôt pour l'installer dans sa chambre, sans quoi la pousse ne survivrait pas à l'hiver.

Le lendemain, mademoiselle Beauchan lui avait à nouveau demandé de venir la voir. Cette fois, ce n'était pas pour le féliciter. Il n'avait pas levé le doigt de la séance. Elle lui avoua que leur conversation l'avait impressionnée ; elle parlait avec lenteur, avançait chaque mot avec prudence. Charlie ne l'avait jamais vue si hésitante.

Enfin, elle lui fit cette révélation :

— Je possède *un jardin*, avoua-t-elle.

Charlie n'en crut pas ses oreilles et son cœur battit à tout rompre quand elle lui proposa un rendez-vous pour le samedi suivant.

Ce que mademoiselle Beauchan appelait *jardin* était en réalité une espèce de cour étroite qui longeait son appartement, un *no mans land* aride où végétait – c'était vraiment le cas de le dire – un tilleul dégingandé et quelques aucubas dont les feuilles pendaient lamentablement vers la terre – terre aussi dure qu'une plaque de tôle.

Il n'y avait aucun jardin à cet endroit, seulement *l'espace pour un jardin.*

Autant dire : *une aubaine.*

Charlie et mademoiselle Beauchan s'observaient en silence.

Au bout d'un moment, mademoiselle Beauchan hocha la tête.

— De tels arrangements sont prohibés par tous les règlements, Charlie, lui dit-elle. Ils sont contraires non seulement aux règles déontologiques édictées par le ministère de l'Éducation, mais aussi à celles du ministère de l'Économie, du ministère de l'Agriculture, du ministère de l'Écologie, et de tous les autres nombreux et variés ministères de France qui ont à faire respecter les normes de leurs disciplines respectives…

Charlie promit de lever le doigt au moins une fois à chaque cours.

Mademoiselle Beauchan parut satisfaite de sa proposition.

Elle demanda cependant quelques jours de réflexion.

Le lundi suivant, en classe, elle ne manifesta envers Charlie aucune attention particulière. Elle se contenta de l'interroger quand il leva le doigt, ce qu'il fit à plusieurs reprises avec un zèle ostentatoire. Le mardi, il n'avait pas cours de français, mais le mercredi et le jeudi, le zèle de

Charlie n'avait pas faibli. Le vendredi, mademoiselle Beauchan lui signifia son accord.

Alors tout alla très vite.

Les parents de Charlie furent mis dans le secret. Ils permirent à leur fils de s'occuper du jardin de son professeur, avec d'autant plus d'enthousiasme qu'ils espéraient voir leur appartement désencombré des plantes qui s'y accumulaient. Dès la semaine suivante, Charlie accompagna mademoiselle Beauchan dans une grande surface pour acheter le matériel dont il aurait besoin. Ils l'entreposèrent dans un petit cabanon qui existait au fond du jardin. Au début, Charlie vint presque chaque jour. Il sonnait, mademoiselle Beauchan le faisait entrer, bavardait un instant avec lui, ouvrait la porte-fenêtre et retournait à ses livres – non sans avoir prononcé cette phrase rituelle : *Charlie, le jardin est à toi !* Et pour Charlie, c'était comme si mademoiselle Beauchan prononçait un magique *Abracadabra*.

Mademoiselle Beauchan n'eut pas à se plaindre. Charlie arracha les aucubas, ramassa les pierres, les débris et tous les détritus que les voisins indélicats laissaient tomber ou jetaient par les fenêtres des étages ; il retourna et travailla la terre en profondeur, dessina entièrement le jardin – un jardin harmonieux, à l'image de l'appartement, que mademoiselle Beauchan avait arrangé avec tant de goût, y semant les livres selon un ordre en perpétuel mouvement. Charlie tenta de faire de même avec les plantes. Au début, il rapportait des boutures et des graines prélevées sur ses propres réserves, mais à mesure que le jardin se développait, la modeste biosphère du balcon familial n'y suffit plus. Le jardin de mademoiselle Beauchan exigeait d'autres végétaux que ceux que Charlie avait pu récolter au hasard de ses expéditions. Il offrait à son jardinier des possibilités que ne permettaient ni le balcon de ses parents, ni la chambre qui lui tenait lieu de pépinière. Charlie demanda alors à mademoiselle de le conduire dans une jardinerie.

La première plante qu'ils achetèrent fut un jasmin *trachelospermum* — lequel prospérait toujours contre la fenêtre de la chambre de mademoiselle Beauchan. Ils acquirent aussi des semences pour la pelouse et le premier rosier que Charlie planta de sa vie : un Ghislaine de Féligonde.

Le temps passa au rythme des saisons.

Mademoiselle Beauchan félicitait souvent Charlie pour le travail accompli, tout en observant qu'il n'avait pas tenu longtemps sa promesse de lever le doigt. Mais peu importait. Voyant jour après jour naître un jardin devant ses fenêtres, elle négligea bientôt de la lui rappeler. Elle et Charlie prirent l'habitude de fréquenter les jardineries alentour. Leurs expéditions remplacèrent celles que Charlie faisait autrefois pour lui-même. Il était assez fier d'y entraîner mademoiselle Beauchan. Pour rien au monde, il n'aurait trahi leur secret. Dès la première année, ils avaient écumé toutes les jardineries de la région. Deux ans plus tard, ils ne rataient plus une foire aux plantes, d'automne ou de printemps. Ensemble, ils découvrirent le bonheur de flâner dans une pépinière. Pendant que mademoiselle Beauchan faisait connaissance avec des jardiniers, amateurs ou professionnels – qui, très souvent, finissaient par devenir des amis –, Charlie absorbait comme une éponge tout ce qu'il entendait, voyait, sentait dans ces rassemblements qui lui semblaient prodigieux, car ils réunissaient des gens qui lui ressemblaient et dont la passion s'était transformée en métier. Sa culture botanique s'enrichit de façon spectaculaire en quelques mois. Il progressa, changea, devint un de ces jardiniers ombrageux qui disent *trachelospermum* pour jasmin, Konigin Charlotte pour anémone, *hydrangea serrata* pour hortensia… Aujourd'hui encore, il était capable de nommer chacune des plantes qu'il avait introduites dans le jardin de mademoiselle Beauchan, d'indiquer l'année de leur plantation et de justifier les raisons de son choix.

C'est ainsi qu'il grandit : avec le jardin de mademoiselle Beauchan.

Il passa de l'adolescence à l'âge adulte sans que sa passion s'affaiblisse. Elle se révéla au contraire pour ce qu'elle était : une vraie vocation. Mademoiselle Beauchan l'aida à préparer un BTS d'horticulture.

Employé au service Espaces verts du conseil général des Hauts-de-Seine, il partageait aujourd'hui ses loisirs entre ce jardin minuscule où tout avait commencé pour lui et des programmes d'aide agricole au Bénin, où il se rendait chaque été.

Mais la vie de mademoiselle Beauchan aussi avait suivi son cours.

Quand elle rencontra Martin, elle raconta à Charlie combien ce dernier avait été impressionné par leur jardin. Elle prétendait qu'il était tombé amoureux d'elle à cause de lui. L'amour les avait surpris au pied du tilleul. *Il n'aurait pu naître ailleurs*, affirmait-elle. L'odeur du jasmin, des lauriers du Caucase et des troènes alentour lui conférait, prétendait-elle, *un parfum d'évidence*… Elle n'avait pas osé avouer à Martin qu'elle n'était pour rien dans la beauté du jardin et qu'il devait tout à Charlie. Un *enfant* était le vrai maître de ses fleurs.

Au mois d'août, Charlie partit pour le Bénin.

Martin s'installa chez Gabrielle.

À la fin de l'été, elle n'avait toujours pas eu le courage de lui révéler que le créateur de leur Éden était Charlie. À son retour, elle avait demandé à Charlie de venir les jours de semaine au lieu du dimanche ; de préférence en fin d'après-midi, quand elle était là ou quand elle et Martin s'absentaient. Elle avait fait changer la serrure de la porte de derrière, qui n'avait plus été utilisée depuis des lustres, et lui en avait confié la clef. Avec son aide, elle avait aussi aménagé le cabanon – rebaptisé *cottage* – et prit l'habitude d'aller y lire assez souvent pour passer plus de temps au jardin.

Depuis, Gabrielle et Charlie ne faisaient plus que se croiser au jardin. Gabrielle continuait de courir les foires horticoles par habitude, goût, nécessité ; elle en rapportait des plantes que lui conseillaient ses amis des jardins et que Charlie plantait pour elle. Charlie était sa réussite, son secret : un enfant qui n'était pas le sien, mais qu'elle avait aidé à s'épanouir et qui n'avait plus besoin d'elle.

« Et puis, l'automne dernier, je ne l'ai plus vue, poursuivit Charlie. Quel que soit le moment où je venais, elle n'était jamais là. Comme elle ne répondait pas non plus au téléphone, je lui ai envoyé un texto. J'ai trouvé sa réponse bizarre. Alors je suis allé au lycée. Le proviseur m'a tout raconté. Je suis quand même venu ramasser les feuilles mortes, je pensais que ce serait la dernière fois, puis j'ai reçu le SMS pour la bonne année. J'ai deviné que c'était vous, j'ai cru que vous aviez compris et que vous vouliez que je continue comme avant... »

La clef de titane mordait la paume de Martin.

— On aurait dû se parler, mais vous n'étiez jamais là quand je venais, conclut Charlie.

Martin fit un geste en direction de l'appartement.

Charlie le suivit.

Mais que s'était-il passé ?

Partout, sur les meubles, le sol, posés par piles, isolés, en vrac, traînaient les livres de mademoiselle Beauchan ; et il y avait son sac, par terre, en plein milieu de l'entrée, et sur un coin de son bureau, où s'accumulaient d'autres piles de livres, disposées n'importe comment, les fleurs du *serrata* qui pourrissaient dans un vase...

Mais le pire, c'était cette urne funéraire ouverte sur la cheminée.

Charlie se souvint de l'impression d'équilibre, de paix qu'il ressentait quand il traversait le salon de mademoiselle Beauchan pour accéder au jardin. Le désordre n'y était jamais déplaisant. Il respirait la joie, le bonheur de vivre. Il se rappelait avoir voulu donner au jardin la même harmonie, tel un miroir qui prolongerait au-dehors la douceur du dedans...

Quelle tornade de douleur, quelle sauvagerie d'abandon s'étaient abattues ici ?

Mademoiselle Beauchan avait été figée dans son absence sans pouvoir disparaître vraiment comme les morts doivent le faire. Charlie ne pouvait comprendre un tel laisser-aller. Il confondit faiblesse et négligence, prit l'impuissance de Martin face à son chagrin pour de l'indignité. Car de la mort Charlie ne connaissait que le mot et les hommages ; et malgré sa peine, la disparition de Gabrielle n'avait pas le même sens pour lui que pour Martin. Gabrielle avait été son professeur ; et si légère, si évanescente, si fantomatique déjà de son vivant… Bien que leur différence d'âge ne fût pas si grande, Gabrielle appartenait au monde des adultes : elle était vouée à disparaître avant lui. Son jardin continuerait à fleurir, Charlie à jardiner.

Charlie aurait voulu trouver les mots pour apaiser cet homme douloureux qui avait écouté ses explications en silence, tendu dans une hostilité sourde.

Il n'en eut pas le temps.

Quand la porte de l'appartement claqua devant lui, il fut plongé dans l'obscurité du hall. Quinze ans plus tôt, c'est par cette porte qu'il avait découvert le jardin de mademoiselle Beauchan.

Fin du mystère

Désormais, les choses étaient claires : le jardin n'abritait aucun fantôme.

Penser à rappeler Blanche pour s'excuser.

Suspicion

Ce n'était pas seulement la disparition des feuilles, la porte du jardin, les pas dans la neige qui trouvaient pour Martin une explication avec l'existence de Charlie – c'était Gabrielle, sa vie, son amour qui changeaient tout à coup de perspective et peut-être de sens. Le jardin se révélait un piège. Leur Éden n'échappait pas à son destin fatal et restait un lieu de mensonge.

Mais pourquoi Gabrielle avait-elle menti ?

Pourquoi ce mensonge, si dérisoire, inutile, absurde ?

Gabrielle n'était plus là pour le dire.

Martin se sentait ridicule, désespéré comme un mari trompé : l'époux de lady Chatterley – dont il préférait ne pas savoir comment se terminait l'histoire. Il rangea le livre dans le cottage où il l'avait trouvé, avec la photographie de Charlie et de sa famille qu'il résista, dans une ultime inspiration d'amour pour Gabrielle, à la tentation de déchirer. Mais quand son regard tomba sur le titre de cet autre roman rangé sur l'étagère du cottage : *Robinson Crusoé* – il fut aspiré par un chagrin amer et pensa ceci : nous ne sommes même plus dans le même livre, mon amour !

Le pôle poétique

Martin n'avait plus aucune raison d'être réticent à laisser le jardin sans surveillance. Il s'inscrivit au chômage et, la semaine suivante, il fut convoqué à Pôle emploi.

Cora Kalinovski se présenta comme son interlocutrice privilégiée, conseillère en insertion professionnelle dans le secteur de l'informatique. Elle parcourut une liste de plusieurs pages où elle cocha son nom : *Robinson ? Comme Robinson Crusoé ?* remarqua-t-elle, comme si elle avait été aux côtés de Martin dans le cottage quelques jours plus tôt.

Petite – à vrai dire presque naine –, Cora dégageait une féminité exacerbée que Martin trouva dérangeante. Il la suivit dans un dédale de couloirs avant de pénétrer dans un open space où se répartissaient une dizaine de bureaux séparés par des cloisons acoustiques.

— Des bureaux-marguerites, précisa mademoiselle Kalinovski. Prenez place dans mon pétale ! s'amusa-t-elle.

Martin s'exécuta.

Il sortit son CV, son certificat de travail, les photocopies de ses bulletins de salaire des douze derniers mois. Mademoiselle Kalinovski vérifia la validité de tous ces documents, puis elle entreprit d'entrer les renseignements qu'elle y glanait dans son ordinateur. Ses mains minuscules, potelées, glissaient sur le clavier. Tout à coup, craignant sans doute que Martin ne s'ennuie :

— Je vous prie de m'excuser, lui dit-elle, si je ne vous parle pas beaucoup. D'habitude, je suis très bavarde avec mes chercheurs d'emploi, mais ce matin je suis un peu contrariée.

— Ah ?

— Oui, et même très, très contrariée…

— J'en suis désolé, répondit aimablement Martin.

— Figurez-vous que j'étais tranquillement dans ma cuisine en train de prendre mon petit déjeuner, quand, je ne sais comment, j'ai renversé de l'huile sur mes chaussons.

— Oh !

— Et je vous assure que c'est drôlement désagréable de sentir de l'huile froide couler entre ses orteils de bon matin !

Martin opina.

— Ça vous est déjà arrivé ?

— Jamais.

— Vous avez bien de la chance ! s'exclama-t-elle, comme si c'était un accident domestique auquel peu de gens échappaient.

Elle l'interrogea alors pour savoir quelle était à son avis la meilleure façon de nettoyer ses chaussons. De petits chaussons de soie rose auxquels elle tenait beaucoup, précisa-t-elle.

— Un teinturier ? suggéra Martin.

— Vous n'y pensez pas ! Des chaussons de cette qualité, en soie sauvage ? Ça va me coûter une fortune !

— Mais si vous y tenez, ça vaut peut-être la peine…

— Non, pas le teinturier !

Puis, après un instant de réflexion :

— Je crois qu'il vaudrait mieux que je demande à ma mère.

— Vous avez raison, dit Martin conciliant, en général, les mères savent ce genre de choses.

— Parfaitement. Par exemple, quand on renverse du vin sur une nappe…

Elle n'eut pas le temps de finir.

— Mademoiselle Kalinovski, je vous attends dans mon bureau, la coupa une voix glaciale, qui sembla tomber du plafond.

Aussitôt, Cora se redressa sur sa chaise.

— Bon, alors écoutez, reprit-elle sur un ton soudain très différent, je mets *Ingénieur informaticien*, ça élargit vos opportunités, c'est absolument nécessaire si vous voulez retrouver un travail. Et vous le voulez, n'est-ce pas ? Plein temps ou mi-temps ? Qu'est-ce que vous recherchez ? Je vais mettre les deux, et/ou, on ne sait jamais, ça élargit vos opportunités. Est-ce que vous comprenez ? Oui ? Bon, alors, c'est exactement ce qu'il faut, des opportunités, le plus possible. Les élargir, les multiplier, les accumuler, même, c'est très important… Quoi d'autre ? Allons, secouez-vous ! Vous avez un réseau ? Comment ? Pas de réseau ?! Allez, allez, faites un effort…

Martin sentit l'ombre s'éloigner.

— Ouf, il est parti, murmura Cora.

Elle resta un instant sans rien dire, abattue, ses petites mains abandonnées sur le clavier, les yeux perdus dans le molleton vert de son bureau-marguerite.

— Hum, hum, fit Martin au bout d'un moment.

Elle se redressa.

— Oui. Pardon. Où en étais-je, Oh, je ne sais plus…

— Au réseau…

— Ah oui. Quel ennui ! Dites, vous aimez la poésie ? demanda-t-elle abruptement.

— Euh, je ne sais pas, répondit Martin.

— Non, je vous demande ça parce j'aimerais bien changer, moi aussi.

— Changer ?

— De travail. Comme vous.

— Ah ? Bien sûr. Et vous voudriez vous lancer dans la poésie ?

— Oui. Pourquoi pas ?

— Non… enfin, je ne sais pas.

— Vous allez voir…

Elle attrapa son sac à main, en extirpa ce qui ressemblait à une liste de courses, qu'elle parcourut rapidement avant de la replonger dans son sac.

— Zut ! Je l'ai laissé à la maison, dit-elle en rougissant.

Elle se pencha alors vers Martin.

— Figurez-vous que j'ai écrit un poème, chuchota-t-elle.

— Ah oui ?

— Oui. Mais il n'est pas tout à fait terminé.

— Ah non ?
— Non.
— C'est dommage.
— Oui.
Elle soupira.
— Mais je peux vous le raconter si vous voulez ?
— Je vous en prie.
— Vous n'allez pas vous moquer de moi au moins ?
— Certainement pas !
— Bon, alors voilà, ça s'appelle : *Belle de nuit.*
— Ravissant.
— Oui, je crois que c'est un bon titre. Surtout que c'est l'histoire d'une belle-de-jour…
— D'une belle-de-jour ?
— Oui.
— Mais le titre n'est-il pas *Belle de nuit* ?
— Si, justement, et c'est tout à fait adapté. Car voyez-vous, la belle-de-jour est une fleur très spéciale : elle s'ouvre le jour et se ferme la nuit. Mais la mienne, celle de mon poème, elle ne supporte pas le soleil, elle préférerait donc l'inverse.
— Qu'il pleuve ?
— Non. Que ses fleurs se ferment le jour et s'ouvrent la nuit. Pour devenir une belle-de-nuit. D'où le titre, vous comprenez ? C'est original, non ?
— Très surprenant.
— Voilà.
— Alors ?
— Eh bien…

— Ensuite, que se passe-t-il ?
— J'en suis là, avoua la poétesse.
— Ah ? En tout cas, c'est un bon début.
— Vous trouvez ?
— Absolument.
— Ça me fait plaisir parce que vous avez l'air sincère.
Martin hocha la tête avec conviction.
— Remarquez, j'ai la fin, reprit Cora.
— Ah oui ?!
— Oui, à la fin, la belle-de-jour aura trouvé le moyen de se transformer en belle-de-nuit…
— Formidable !
— Oui.
— Lequel ?
— Comment ?
— Quel moyen ?
— Malheureusement je ne sais pas encore.
— Ah. Eh bien, ne vous découragez pas, ça va venir…
— Vous n'auriez pas une idée ?
— Aucune.
— Bon, en tout cas, je sais ce qu'elle dira.
— Ah ?
— Oui, elle dira…
Cora prit son souffle et s'exclama :
— « Mais j'ai gardé mon parfum ! »
Des têtes se dressèrent dans les alvéoles.
— Enfin, c'est l'idée, chuchota Cora.
Les cliquetis des claviers reprirent.
— Qu'en pensez-vous ?

— Il faudrait peut-être supprimer le *mais* ?

— Difficile à dire… Essayez sans le *mais*, pour voir…

Martin sentit l'ombre menaçante glisser à nouveau derrière lui.

— Mademoiselle Kalinovski, je vous attends !

Cora se redressa.

— Bon, j'imprime !

Elle vola à l'autre bout de l'open space, où une imprimante démarra en faisant un bruit de fusée. Le corps de Cora flottait au-dessus de la moquette, pareil à celui d'un astronaute. Ce corps rappela à Martin que, très jeune, il avait eu une expérience sexuelle avec une rousse évanescente tout à fait dans le genre de Cora.

Il revit le corps de Gabrielle. Si dense, si solaire…

Cora réapparut.

— Voici votre PPAE, dit-elle en tendant une liasse de papiers. Plan Personnalisé d'Accès à l'Emploi. Vous certifiez l'exactitude des renseignements qu'il comporte et vous engagez à accepter tout poste correspondant au profil que nous venons de définir ensemble. Signez. Vous serez convoqué régulièrement, nous ferons le point. Au revoir, monsieur Robinson. Et bonne chance pour votre recherche !

Jacques Prévert

En rentrant, Martin chercha dans la bibliothèque de Gabrielle des poèmes de Prévert. Il en trouva deux recueils : *Arbres*, illustré par des gravures de Georges Ribemont-Dessaignes, et *Paroles*, en édition de poche.

Dans *Arbres*, il retrouva et lut avidement plusieurs fois le poème que Charlie avait récité devant l'hortensia *Gabriella*. Il espérait que ce poème lui en apprendrait davantage, mais, malgré sa simplicité, le poème résistait.

En apprendre davantage, c'eût été ne pas avoir été tenu à l'écart de la relation entre Charlie et Gabrielle. Or, il était trop tard. Y avait-il eu tromperie, adultère ? Au fond, l'important n'était pas dans ces stéréotypes éculés au demeurant peu probables. Mais que Gabrielle eût menti, fût-ce par omission, brouillait pour Martin la transparence de leur amour. Ce qu'il aurait voulu, c'était rattraper le temps, combler le vide laissé par le mensonge de Gabrielle, entendre sa bien-aimée lui raconter elle-même la vraie naissance de son jardin. Il voulait que ce fût elle, et non Charlie, qui la lui apprenne.

Il devrait se contenter de poèmes…

Métamorphose du mensonge

L'histoire, au fond, était très simple : Gabrielle et Martin s'étaient aimés, Gabrielle était morte, Martin la découvrait différente de ce qu'il l'avait crue. Pendant des années, elle avait profité d'un jardin qu'elle n'avait pas créé, qu'elle n'entretenait pas elle-même, où elle faisait venir un jardinier – un enfant – à l'insu de son amant. La déception, la crainte, la jalousie que Martin avait ressenties en apprenant l'existence de Charlie avaient été violentes…

il a beau essayer de sourire encore
le fou rire de l'enfance
est enfermé dans le cabinet noir
il a terreur et panique de logique
et dans ce bois
comme un navire sur la mer
il a roulis angoisse désarroi de navire

Depuis, pour Martin, le jardin semblait avoir été vidé. C'était comme si l'on avait rasé le tilleul ou détruit le *Gabriella.*

Pourtant, tout n'était pas perdu.

Dans le cabinet de verdure
ne cesse de battre
le cœur cambriolé

affirmait le poème.

Et Martin reconnut qu'en effet, depuis son accident, Gabrielle habitait toujours le jardin à sa manière. Ne l'avait-il pas, après son injuste colère contre Blanche, retrouvée dans le cottage, plus présente et plus vivante encore que dans leur appartement ?

Être arbre et disparaître
et reparaître ailleurs
autre être
autre chose
autres objets
peut-être que c'est ma destinée

suggéra le poème, avant d'ajouter :

je serai violon
dans un orchestre mauvais
et puis ailleurs archet
dans une musique plus vraie

Martin se mit alors à douter.

Dans un bois un homme s'égare
un homme de nos jours
et des siens en même temps
Et cet homme sourit
il sait la ville tout près
et qu'on ne se perd pas comme ça

Martin se demanda alors si Charlie ne représentait pas, lui aussi, une part de Gabrielle – la part la plus vivante peut-être, et d'autant plus inespérée qu'elle était insoupçonnée de lui…

Inespérée, insoupçonnée…

Sur ce chemin, le poème l'encouragea.

entre l'arbre et l'écorce
une déesse de moelle
et de chair et d'eau fraîche
et de sève de printemps
et de rêve d'été
une reine souterraine
une dryade heureuse
chante sa chanson nue

Alors, Martin comprit : ce n'était pas parce que Gabrielle n'avait pas créé ce jardin qu'il n'était pas d'elle.

Ce n'était pas parce qu'elle ne les écrivait pas qu'elle ne *faisait* pas les livres qu'elle lisait.

Sans Charlie, pas de jardin – et sans jardin, la Gabrielle de Martin n'aurait pas existé.

Le jardin de notre amour : qui l'entretenait ?
Et le livre de notre amour : qui continue de le lire et continuera jusqu'à l'éternité ?
Le poème alors put enfin s'écrier :

Arias
Vieilles branches
Abracadabrarbres !

Remords

Martin palpa dans sa poche la clef du jardin.

Il l'avait cherchée avec tant de colère, cette clef, s'était emporté si injustement, si violemment contre Blanche à son propos, il avait attendu avec tant d'impatience, d'inquiétude et de rage de pouvoir mettre la main sur l'intrus qui la détenait…

Il retrouva le numéro de Charlie sur le portable de Gabrielle, mais l'appela de son propre téléphone.

Il ne voulait pas l'effrayer, il voulait l'amadouer.

Ce ne fut pas très difficile.

Baobab

Le jeune homme reprit la clef sans amertume.

Martin et lui firent ensemble le tour du jardin. Charlie suggéra de débrancher la guirlande électrique qui n'était plus de saison ; il faudrait aussi trouver une place définitive pour le sapin. Car si le jardin de mademoiselle Beauchan était sans prétentions, il avait ses exigences. Ce n'était pas seulement l'espace ou la lumière qui lui faisaient défaut – le sapin aurait pu se mesurer aux autres, lutter, gagner peut-être ; on pouvait l'y aider : arracher quelques plantes pour lui permettre de remporter la victoire. Mais en dernier ressort, la terre, seule, décidait. Charlie ne plantait rien sans son accord. Il ne plantait rien de toute façon, à proprement parler : il *proposait* ce qui semblait devoir lui plaire. La terre approuvait ou désapprouvait ; la plante prospérait ou mourait. Parfois, elle végétait : « Et ça, c'est le pire, *un végétal qui végète* », déclara Charlie.

Une phrase que Gabrielle eût soulignée, pensa Martin.

Inutile, donc, de proposer à la terre ce qu'elle eût désapprouvé, poursuivit le jeune homme. Mieux valait installer le sapin et son pot sur la terrasse où plusieurs espèces pouvaient cohabiter sans problème. Le sapin serait au jardin sans y être.

— Heureusement que j'ai résisté au baobab ! conclut Charlie.

— Baobab ? Quel baobab ?

Charlie expliqua qu'en plus du sapin, il y avait eu un risque de baobab. Chaque année, Gabrielle insistait pour qu'il lui en rapporte un d'Afrique. C'est ainsi qu'il lui avait envoyé la photo retrouvée par Martin. En en voyant un vrai, elle avait compris !

Présence

Charlie avait beaucoup à faire au jardin en cette saison : terminer de tailler les buissons, déterrer les collets des rosiers, raccrocher les clématites, poser des tuteurs, nourrir la terre…

Assis dans la bergère, au pied du tilleul, Martin tentait de finir *L'Amant de lady Chatterley* sans y parvenir. Il avait dû admettre l'existence de Charlie dans la vie de Gabrielle, il lui fallait maintenant accepter sa présence au jardin.

Puisque l'intrus était démasqué, il aurait pu mettre en œuvre le PPAE de Cora Kalinovski et chercher du travail. Mais la tentative maladroite de Cora pour traduire le désarroi d'une belle-de-jour lui paraissait à présent plus sérieuse que le papier qu'elle lui avait fait signer. Lui-même avait-il fait autre chose, en dressant la liste des trente-six nuances de vert, que traquer la vérité du printemps ?

Un merle se posa sur le dossier de la bergère.

Depuis qu'il passait plus de temps au jardin, Martin

avait remarqué que de nombreuses espèces d'oiseaux l'habitaient. Il tentait de les distinguer par la tonalité de leur chant, leur taille, la singularité de leur plumage…

Soudain, Charlie s'emporta contre la pelouse dégarnie par les rigueurs de l'hiver. Il la traita de *vieux crâne*. Martin referma son livre, excédé, et se réfugia dans l'appartement.

L'idée lui vint alors de chercher un guide ornithologique. N'en trouvant pas dans la bibliothèque de Gabrielle, il décida de marcher jusqu'au bout de la rue, où un vendeur de journaux proposait un petit rayon de librairie…

Hors du jardin

Il n'y avait que quelques centaines de mètres à parcourir, mais à peine eut-il quitté le hall de l'immeuble que Martin se sentit la proie de sensations étranges.

Se pouvait-il qu'il ait perdu l'habitude de la rue, après seulement quelques semaines passées au jardin ?

Emprunter le trottoir, marcher sur les passages cloutés, éviter de bousculer les autres piétons, attendre que le petit bonhomme des feux soit au vert – au lieu de se diriger par le chemin le plus direct à l'endroit où vous vouliez aller : tout lui donnait la nausée.

Il se trouva ridicule, se fit violence, mais se sentait de plus en plus oppressé à mesure qu'il avançait.

À vingt mètres de la librairie, il aperçut un homme qui donnait un coup de pied à un pékinois. Une altercation s'ensuivit avec la maîtresse du chien, dont, même à cette distance, Martin entendit les violents éclats.

Cette scène toucha en lui quelque fragilité. Une perle glacée naquit en haut de sa colonne vertébrale et commença de lui ouvrir l'échine.

À huit mètres, il avait du mal à respirer.

À cinq, il ouvrait la bouche comme un poisson hors de l'eau.

À trois, il tituba.

Devant la porte, il comprit qu'il n'aurait pas la force d'entrer.

Les oiseaux

Il en tremblait encore, surpris par la violence de l'attaque, quand il se précipita dans le jardin en appelant Charlie.

— *Pas là! Pas là!* lui répondirent en chœur tous les oiseaux.

Yeux d’azur

Grondements de tambour.

Boum !

Boum boum !

Boum !

Boum boum !

Martin gisait sur la pelouse, la main sur la poitrine, les pieds dans les anémones.

Des mèches du *vieux crâne* chatouillaient sa nuque, des bosses s’enfonçaient dans son dos.

Une branche du *Gabriella* se balançait dans le ciel. Il tendit la main, sans parvenir à l’atteindre.

Alors, son regard glissa vers le premier étage dont les volets obturaient désormais sans rémission les fenêtres.

Où l’ont-ils dispersée ? se demanda-t-il, elle qui n’avait pas de jardin…

La mort de Gabrielle le frappait enfin.

Cruauté du printemps

Son déni avait résisté à Blanche, au proviseur du lycée, à ses collègues de travail, à la directrice des ressources humaines, à Charlie et même à la sensualité de Cora Kalinovski – il succomba à la vigueur du printemps.

Alors que tout s'éveillait autour de lui, Martin sombra dans un chagrin dont l'ajournement qu'il lui avait imposé amplifia la douleur. Sa langueur entra en un contraste violent avec l'allongement des journées, l'augmentation de la température, la vigueur de la végétation. Il se mit à dormir beaucoup, jamais très longtemps, toujours sans goûter le moindre repos, errant comme une ombre entre l'appartement, la bergère et le cottage. La sonnerie d'un portable retentissait parfois sans qu'il fît le moindre geste ; elle laissait place au pépiement des oiseaux…

Il n'avait pas eu le courage de rappeler Blanche pour s'excuser. Charlie était le seul être humain qu'il côtoyait encore. Le jeune jardinier venait chaque jour, mais quand Martin voyait son grand corps s'activer devant lui, sa vie, sa perfection, son énergie lui semblaient inversement proportionnelles à l'imperfection, la langueur, la lassitude dont il sentait le travail opiniâtre en lui-même.

Le jardin était si étroit que, même en tenant compte de sa profondeur, il n'exigeait pas que le jeune homme vînt y travailler si souvent ; mais Charlie trouvait toujours une mauvaise herbe à arracher, une branche à rattacher, un coin de terre à gratter, de sorte que le jardin de Gabrielle devint d'une beauté extraordinaire.

Martin ne l'avait jamais vu si beau du vivant de Gabrielle : ce fut un surcroît de douleur.

Charlie avait planté tant de bulbes, semé tant de graines que les floraisons se succédaient comme si elles ne devaient jamais cesser. Seringats, azalées, rhododendrons fleurissaient d'abondance alors que les boutons des clématites se formaient déjà et que les roses s'épanouissaient sur les rosiers taillés par Charlie avec une précision diabolique. En quelques jours, le *Gabriella* prit plusieurs centimètres de tiges sur lesquelles naissaient déjà de minuscules mais parfaites rosaces. Les anémones s'étoffaient au-delà de toute raison, le camélia offrait le dessin régulier de ses ultimes fleurs tandis que le tilleul verdissait d'heure en heure ; son feuillage dévorait inexorablement le ciel comme une lèpre au-dessus de la bergère…

Martin espérait que la progression des feuillages finirait par cesser, mais Charlie continuait de les fortifier par des arrosages précis, des gestes rigoureux, des dosages d'engrais subtils. Il leur insufflait une exubérance insolente, une vigueur indécente, anormale, dénaturée qui faisait à Martin l'effet d'un volcan de verdure en éruption constante et dont le bouillonnement lui devenait chaque jour plus insupportable, déchiré qu'il était entre l'évidence de la mort de Gabrielle et la puissance de cette vie qui l'entourait, entre le désert de son cœur et la force du jardin. De plus en plus souvent, le désir le prenait d'arracher ces plantes, de saccager ces fleurs, de prendre un bâton et de frapper avec rage ce cruel jardin pour qu'il rende son âme – et même plus que son âme : celle de Gabrielle, avec les cendres qu'il lui avait arrachées sept mois plus tôt.

Oui, que sa bien-aimée renaisse à l'instant même au pied de l'hortensia !

Que Charlie retourne au Bénin, à sa clandestinité, à son anonymat !

Que le jardin de mademoiselle Beauchan garde son absurde secret !

Que Gabrielle revive !

Que l'Amour revienne !

L'ardoise

La tragédie se noua le jour où Charlie versa de la poudre noire au pied du *Gabriella*.

— Qu'est-ce que c'est ?

— De l'alumine.

— Pour quoi faire ?

— Bleuir les fleurs.

— Et l'ardoise ?

— Quelle ardoise ?

— Gabrielle disait qu'elle émiettait de l'ardoise au pied de son hortensia pour obtenir ce résultat.

Charlie éclata de rire.

— Elle vous a bien eu ! On ne trouve plus d'ardoise qu'en Bretagne sur les toits des maisons ! Aujourd'hui, on utilise de l'alumine. Plus facile et disponible n'importe où !

— Tu te crois chez toi, espèce de petit morveux ?

Profondeurs

Le lendemain, pas de Charlie !

Son absence aurait pu être un répit.

Elle plongea Martin dans le néant : c'est ainsi qu'il atteignit le fond de sa douleur.

Poème des oiseaux

La pensée magique lui tint lieu d'antidépresseur, la poésie d'infirmière.

Il recensa les différentes espèces d'oiseaux du jardin avec la certitude qu'ils lui en seraient reconnaissants.

Il établit une liste sans guide ornithologique autre que sa mémoire blessée.

Pour chaque nom, des heures d'effort lui étaient nécessaires. À chaque mot correspondait une découverte, à chaque lettre une invention.

Étourneau
Geai
Merle
Pigeon
Moineau
Mésange
Troglodyte
Pinson

Grive
Rouge-gorge
Hirondelle

Barrages et barrières

Il tenta de joindre Cora Kalinovski. Il voulait lui montrer qu'il s'était engagé sur le chemin de la poésie qu'elle lui avait indiqué, à sa manière si généreuse – il comprit qu'elle ne lui avait paru ridicule qu'en raison de sa propre suffisance.

Il composa le numéro inscrit sur son PPAE, essaya toutes les options proposées par la messagerie, fut orienté vers des services inadéquats.

Une voix humaine lui répondit enfin : il était impossible de joindre un conseiller emploi directement par téléphone. Martin expliqua que mademoiselle Kalinovski était son *interlocutrice privilégiée*, ainsi que l'attestait son PPAE.

On raccrocha.

Il recommença, eut quelqu'un d'autre, insista davantage. On lui passa le directeur de l'agence.

Martin reconnu la voix plafonnière.

— Mademoiselle Kalinovski ne fait plus partie de notre agence.

— Elle a été mutée ?
— Non, elle est passée de l'autre coté de la barrière.
— Que voulez-vous dire ?
— Virée ! Ah, ah, ah…

Une bible

Martin intitula sa liste d'oiseaux : *Poème des oiseaux*. Il le dédia à Cora Kalinovski et l'afficha dans le cottage, avec la liste des trente-six verts du printemps, qu'il baptisa : *Poème des trente-six verts*. C'est de cette façon, détournée, que les oiseaux lui vinrent finalement en aide.

En cherchant de quoi accrocher ses poèmes, il retrouva dans le cottage un livre qu'il avait déjà remarqué : *Robinson Crusoé*, de Daniel Defoe. Il s'y plongea et trouva dans ce livre un manuel de survie. Il ne le lut pas comme un roman, mais plutôt comme une bible fourmillant de conseils, d'exemples, d'encouragements de toutes sortes. Très vite, en quelques pages à peine, il atteignit cet au-delà de la lecture où la distance entre un livre et son lecteur n'existe plus : la frontière entre réel et fiction disparaît, imaginaire et réalité se confondent.

Martin eut la certitude que Gabrielle avait laissé ce livre dans le cottage à son intention. Pour en avoir le cœur net, il compara point par point le sort de l'infortuné marin à celui où l'avait abandonné la mort de sa bien-aimée. Conclusion : Robinson, c'était lui ! Cora n'avait-elle pas relevé d'emblée la coïncidence de leurs patronymes ? Comme Robinson jeté sur son île par la tempête, Martin avait échoué dans le jardin de Gabrielle. La disparition de son aimée avait été son naufrage, elle avait entraîné la perte irréparable de son bonheur et l'avait plongé dans l'absence, le deuil, la solitude… N'avait-il pas, dès les premiers jours, espéré transformer cette île maudite en une *machine à ressentir* construite avec les débris du navire ? Hélas, la machine s'était fracassée sur le rocher du réel, le soir où il avait découvert la porte du jardin…

L'envahisseur

À son retour, Charlie fut frappé par la maigreur de Martin.

Il sortit les débris d'ardoise qu'il s'était procurés, les brisa et les enfouit ostensiblement au pied du Gabriella. Martin parut indifférent à cette tentative de réconciliation. Installé dans la bergère, il continuait de tourner les pages de son livre sans un mot.

Le lendemain, Charlie le trouva à l'intérieur de l'appartement en train de passer l'aspirateur dans la chambre. La fenêtre était grande ouverte, le lit fait au cordeau. Quand il eut terminé, Martin ferma la fenêtre, les volets, traversa la terrasse une valise à la main, entra dans le cottage. Il en ressortit les mains vides, et revint s'installer dans la bergère pour se replonger dans son livre.

Trois jours plus tard, le jeune homme remarqua des ustensiles de cuisine qui traînaient sur la terrasse. L'égouttoir à vaisselle était abandonné près du tuyau d'arrosage, une bassine pleine de lessive entreposée devant le cottage. Il découvrit aussi des épluchures suspendues aux branches des arbustes, des papiers gras dans la clôture. Enfin, un soir en partant, il faillit s'étrangler à une corde à linge tendue entre le tilleul et la fenêtre du bureau.

Bergère, batterie de cuisine, bassine, ordures, corde à linge… Charlie data la première invasion du jour où Martin avait introduit le sapin Nordmann dans le jardin. À cette allure, il ne resterait plus rien du jardin de mademoiselle Beauchan avant la fin de l'été. Les nouvelles habitudes de Martin bouleversaient son équilibre. Le jardin n'était d'ailleurs pas seul en cause : des signes préoccupants faisaient craindre pour la santé de Martin. Charlie le surprit en train de ronger de vieux trognons de pomme. Il résolut d'installer un tas de compost et réussit à obtenir de Martin qu'il y jette ses débris végétaux. Mais comment mettre un terme au processus de destruction qui s'était enclenché en son absence ? Et qu'adviendrait-il de Martin quand, dans quelques semaines, Charlie partirait en Afrique en laissant Martin seul au jardin ?

Vendredi

L'inquiétude de Charlie se mua en angoisse quand il lut le *Poème des oiseaux* affiché dans le cottage. Après le mot *hirondelle*, Martin n'y avait pas seulement ajouté *corbeau* – que l'on observait effectivement de plus en plus souvent dans le jardin, en raison des détritus –, il avait aussi inscrit : *Charlie du Bénin*.

Le jeune homme hésita sur l'attitude à adopter. Il ne voulait ni vexer ni effrayer Martin. Après l'incident de l'ardoise, il redoutait surtout une rupture définitive.

Un soir, comme s'il s'agissait d'une idée qui lui traversait l'esprit : Je me demande s'il ne faudrait pas adapter le jardin ? lança-t-il.

— L'adapter ? C'est-à-dire ?

— Je ne sais pas, peut-être introduire quelques légumes, des fruits…

Les yeux de Martin brûlèrent tout à coup d'une flamme inquiétante. C'est alors qu'il tendit à Charlie le livre qu'il ne quittait plus depuis des jours : *Vie et aventures étranges et surprenantes de Robinson Crusoé, marin*. Il lui expliqua que ce titre lui avait sauté aux yeux dans le cottage, quand il y avait rangé *L'Amant de lady Chatterley*. Depuis, il ne cessait de le relire. Et voici que maintenant Charlie lui proposait de cultiver le jardin !

Où voulait-il en venir ?

Charlie ne comprenait pas.

Pourtant, ce ne pouvait être une coïncidence, s'enflamma brusquement Martin. Ils devaient vivre pour de bon ce qui était écrit dans ce livre. N'avaient-ils pas déjà commencé ? Martin était Robinson, Charlie serait Vendredi !

Charlie le regardait, effaré.

Il redouta que le remède ne fût pire que le mal et tenta de modérer les ardeurs de Martin. Bien sûr, bien sûr, dit-il, mais il fallait d'abord étudier la faisabilité d'un potager, élaborer un plan, prendre en compte les contraintes d'ensoleillement, de terrain, de règlement de copropriété...

Chaque difficulté, Martin la balayait d'un revers de la main.

Il serait aussi nécessaire de supprimer certaines plantes, insista Charlie, d'en conserver d'autres en fonction de leur nature ou de la configuration du lieu... Le tilleul, par exemple, ne pouvait être abattu, mais son ombre réduisait d'autant la surface des plantations... Et il y avait encore la terrasse, le cottage, qui en grignotaient plusieurs mètres...

Aucun argument ne vint à bout de la folie robinsonne de Martin.

Au moins, je le vois sourire, pensa Charlie, résigné.

Sacrifices

Les travaux se firent rapidement.

Charlie transformait le petit bout de terre de mademoiselle Beauchan pour la deuxième fois : d'un désert, il avait fait un jardin ; d'un jardin il fit un potager.

Il sacrifia l'intégralité de la pelouse et renonça à plusieurs bulbes de printemps et d'été ; les tulipes les plus tardives ne verraient jamais le jour, ni les lis qu'il venait de planter. Plusieurs narcisses subirent le même sort, tout comme des plaques entières de violettes et de muguet, éliminées au profit des plants de haricots et de radis. Il n'était évidemment pas question de déplacer le *Gabriella*, mais Martin sentit son cœur se serrer quand vint le tour des anémones. Son *Robinson Crusoé* à la main, il assista pourtant sans fléchir à leur sacrifice. Quand il vit Charlie les arracher à mains nues, après avoir entamé le sol à coups de bêche, il se pencha, fasciné, au-dessus des trous que le jeune homme avait creusés dans la terre : des débris de métaux, de ciment, de bois datant de la construction de l'immeuble resurgissaient des profondeurs, des bulbes, des racines, des cailloux, des fragments de verre et d'os se mêlaient aux vers grisâtres, qui se tordaient à la lumière, coupés en deux par la bêche, pareils aux boyaux d'un corps éventré…

Ainsi, la destruction du jardin que, poussé par un chagrin vengeur, Martin avait souhaité commettre quelques semaines plus tôt avait fini par s'accomplir.

Le potager

Il s'agissait moins d'une destruction que d'une métamorphose. Charlie avait seulement bouleversé l'architecture du jardin et déplacé ses lignes de force pour en modifier l'équilibre.

Désormais, le potager était le centre du jardin.

Il se divisait en sept carrés :

1) légumes racines
2) légumes vivaces
3) légumes fruits
4) légumes feuilles
5) légumes bulbeux (ou légumineux)
6) baies et fraisiers
7) jachère

Un pommier Transparente de Croncels et un poirier Beurré Hardy bordaient l'ensemble sur les côtés qui ne l'étaient pas par la clôture ou le mur de l'immeuble. Une allée centrale le scindait en deux. Elle joignait la terrasse au reste du jardin et permettait de traverser le potager dans le sens de la longueur, de façon à pouvoir y travailler.

— J'ai dû m'arranger avec le tilleul, regretta Charlie. Mais le potager restera ensoleillé au moins une partie de la journée. Par contre, le jardin d'agrément est devenu presque entièrement un jardin d'ombre. Impossible de faire autrement. J'ai gardé un ou deux rosiers qui la tolèrent, mais les plantes héliotropes sont cantonnées sur la terrasse, entre les deux châssis qui vous serviront de pépinière...

Le potager respectait toutefois le souvenir de Gabrielle. Et même, il le *sublimait*, la succession des cultures y doublant le rythme des saisons.

Charlie conçut et rédigea d'ailleurs un *Calendrier perpétuel de semis et récoltes* indiquant les gestes à accomplir pour chaque fruit et chaque légume. Ce calendrier s'émancipait superbement du temps humain. Il ne tenait aucun compte de l'arbitraire des années, mais rendait justice à l'éternel renouveau du jardin.

Martin l'afficha dans le cottage, entre le *Poème des oiseaux* et celui des *trente-six verts*.

Charlie dut ensuite initier Robinson à l'exploitation du potager. Il lui enseigna l'art du sarclage, l'esthétique du tuteurage, l'élégance des semis (en poquet ou à la volée), lui révéla le charme de la bouillie bordelaise et la ruse du pralinage, l'astuce du buttage, l'économie de l'arrosage (buse à eau fine, goutte à goutte), l'introduisit enfin aux principes d'une science maraîchère plus occulte, en lui révélant l'oracle du mouron (*stellaria media*), le secret des cultures lunaires et celui des associations bénéfiques. Elles tenaient en quelques maximes (*la carotte repousse la teigne du poireau, le poireau incommode la mouche de la carotte…*) que Robinson mémorisa sans difficulté.

Habitat

Le cottage fut affecté, lui aussi, par la transformation du jardin. Robinson et Vendredi durent procéder à quelques aménagements. Du côté où se trouvait le robinet d'arrivée d'eau, ils ajoutèrent un auvent sous lequel on pouvait entreposer les outils. Vendredi y installa des crochets spéciaux pour les y suspendre – pelle, râteau, bêche y reposaient tête en l'air. On pouvait également y faire sa lessive à l'abri de la pluie ou déposer une chaise pour s'y tenir, alternative utile par mauvais temps à la bergère installée sous le tilleul. Vendredi créa également des étagères extérieures, afin de recueillir ce qui n'avait pas besoin d'être protégé – seaux, arrosoir, récipients divers. L'intérieur étant de la sorte bien dégagé, Robinson et lui construisirent un sommier de planches sur lequel ils installèrent le vieux matelas de mousse dont Robinson – pour des raisons que Vendredi ne pouvait comprendre – refusa de se séparer. Enfin, ils rangèrent les ustensiles de cuisine et le linge sur une étagère supplémentaire installée au-dessous de celle des livres, ainsi qu'une sorte de tablette amovible, constituée d'une planche retenue à ses extrémités par un astucieux système de ficelles coulissantes, inventé par Vendredi, mais dont Robinson prétendit avoir lu la description très précise dans le roman de Daniel Defoe…

Gladys et Gloria

Jardinage et bricolage apportèrent une amélioration sensible au moral de Martin. Juin s'écoula au rythme des travaux et des jours. Outre les semis prévus par le calendrier pour cette période, Martin repiquait les plants que Charlie achetait dans le commerce. Au bout de trois semaines, le potager avait déjà une certaine allure. La terre s'effaçait rapidement sous les feuillages maraîchers.

Un matin, Charlie entra dans le jardin une boîte à chaussures à la main. Il la déposa sur le sol, attrapa le gros sac qu'il avait laissé contre le chambranle et le porta dans le cottage. Puis il tendit la boîte à Martin, qui l'ouvrit sur la terrasse : deux boules de duvet jaunes s'y bousculaient, faisant entendre de petits cris affolés. Martin pencha la boîte. Un des poussins s'en échappa, mais il fallut aider l'autre de la main. L'oisillon roula sur le sol et les deux poussins s'égayèrent dans le jardin.

Charlie et Martin les suivirent des yeux. Les poussins ne pouvaient fendre l'air ni secouer les branches comme les autres oiseaux, mais ils révélaient la profondeur des buissons, faisaient vibrer les ombres, éclairaient les feuilles les plus basses de leur duvet d'or. Charlie expliqua qu'au début il faudrait les nourrir avec la farine spéciale qu'il avait entreposée dans le cottage. Ensuite, il suffirait de les laisser courir dans le jardin. Devenus poules, les poussins mangeraient les limaces et les débris végétaux, fertiliseraient la terre du potager de leurs fientes et produiraient de bons œufs. Il assura aussi qu'en grandissant, des différences apparaîtraient dans leurs plumages qui permettraient de les reconnaître.

Martin les baptisa *Gladys et Gloria*.

Adieu

Ce soir-là, Robinson et Vendredi dégustèrent la première laitue du jardin. Elle n'offrait que quelques feuilles, mais délicieuses, tendres et fondantes. Tous deux dînèrent sur la terrasse en buvant la dernière bouteille de saint-estèphe, qu'Yves avait apportée pour l'incinération de Gabrielle. Ce fut le moment que choisit Charlie pour annoncer son départ à Martin.

Il lui avait déjà parlé de la mission humanitaire à laquelle il voulait participer : elle nourrirait plusieurs villages du Bénin, des dizaines de familles, des femmes, des enfants. Il venait d'obtenir sa disponibilité au conseil général et partait dans quelques jours, pour plusieurs mois.

À l'aplomb du jardin, des fenêtres scintillaient dans la nuit pareilles à des astres rectangulaires incompréhensiblement alignés.

Martin se taisait.

Ainsi, Gladys et Gloria étaient un cadeau d'adieu.

— Venez avec moi, proposa Charlie.

Et pourquoi pas Marseille? eut envie de répondre Martin.

Mais l'enfant-jardinier n'aurait pas compris.

— Non, merci, cher Rêve, répondit-il.

Et, dans les profondeurs du jardin, Vendredi entendit Robinson lui souhaiter : Bon vent !

L'île

Charlie ferma la porte du jardin derrière lui en emportant la clef.

Pourquoi les gens s'escrimaient-ils à vouloir arracher Martin à son île ?

Quand ses rêveries l'avaient conduit en Afrique, c'était pour y voyager avec Gabrielle. Mais l'Afrique était ici : dans la terre exaltée du potager, dans l'odeur du tilleul, de la Seine, du bois de Boulogne, du Jardin d'Acclimatation et de ses animaux. Pourquoi partir ? Même le bout de la rue était devenu trop loin pour lui ! Le monde entier était dans ce jardin, puisque c'était là que *vivait* sa douleur. Martin avait besoin de la sentir près de lui, à portée de main, même si elle était parfois masquée ou distraite par une robinsonnade ou un livre… *Distraite*, *masquée*, du reste, était trop dire. La robinsonnade était la *solution* de sa douleur. Il la transformait en existence comme il transformait le jardin en île sans autre horizon que le souvenir de Gabrielle, à perte de vue. Or, ce souvenir protégeait

Martin mieux que ne l'eussent fait des milliers de kilomètres d'océan autour de lui.

Rien ni personne ne l'arracherait jamais au jardin de Gabrielle !

Le tilleul et son roi

Le tilleul refleurit.

Il coula sa floraison de miel à travers le jardin.

La fête organisée par Gabrielle aurait dû avoir lieu ces jours-ci. Martin honora seul le grand arbre, installé à son pied dans la bergère, par une lecture de Giono qu'il tira d'*Un roi sans divertissement* :

Son feuillage était dru, d'une intensité, d'une épaisseur de pierre, et sa charpente (dont on ne pouvait rien voir, tant elle était couverte et recouverte de rameaux plus opaques les uns que les autres) devait être d'une force et d'une beauté rares pour porter avec tant de grâce tant de poids accumulé. Il était surtout (à cette époque) pétri d'oiseaux et de mouches ; il contenait autant d'oiseaux et de mouches que de feuilles. Il était constamment charrué et bouleversé de corneilles, de corbeaux et d'essaims ; il éclaboussait à chaque instant des vols de rossignols et de mésanges ; il fumait de bergeronnettes et d'abeilles ; il soufflait des faucons et des taons ; il jonglait avec des balles multicolores de pinsons, de roitelets, de rouges-gorges, de pluviers et de guêpes. C'était tout autour de lui une ronde sans fin d'oiseaux, de papillons et de mouches dans lesquels le soleil avait l'air de se décomposer en arc-en-ciel comme à travers un jaillissement d'embruns. Et, à l'automne, avec ses longs poils cramoisis, ses mille bras entrelacés de serpents verts, ses cent mille mains de feuillages d'or jouant avec des pompons de plumes, des lanières d'oiseaux, des poussières de cristal, il n'était vraiment pas un arbre. Les forêts, assises sur les gradins de la montagne, finissaient par le regarder en silence.

Fenêtres qui parlent

Avec la chaleur, les fenêtres s'ouvrirent sur la façade de l'immeuble. Heurts de vaisselle, éclats de voix, pleurs, cris d'enfants, télévisions, match de foot ou de rugby signalaient qu'une vie humaine existait dans les hauteurs.

Le soir, les volets se fermaient en rafales.

Du vivant de Gabrielle, Martin n'y avait jamais prêté la moindre attention. Aujourd'hui, il lui arrivait d'interrompre sa lecture ou son travail pour écouter ces existences invisibles qui laissaient tomber leurs bruits dans son jardin. En retour, les caquetages de Gladys et de Gloria incommodaient les copropriétaires qui n'avaient pas vu d'un très bon œil l'installation du potager. Deux ou trois fois, Martin entendit sonner à la porte de l'appartement. Un soir, tandis qu'il jouait dehors avec ses poules, il fut invectivé d'une fenêtre par une tête qui se pencha au quatrième étage. Une autre fit de même à la fenêtre du second, sur la gauche de la façade ; elle se tournait alternativement vers le haut et vers le bas selon qu'elle s'adressait à l'autre tête ou à Martin – *interdit, inadmissible, police !* cria-t-elle.

Du troisième, une autre tête renchérit alors de plus belle, tandis qu'au cinquième une voix sans tête referma sa fenêtre avec fracas dans un torrent d'insultes.

Martin redoutait que l'une d'elles ne s'écrase dans le jardin. Pris d'une sorte de vertige à l'envers, il dut cesser de lever les yeux et c'est alors que quelque chose de froid et d'humide rebondit sur son crâne pour terminer sa chute dans le carré de laitues.

Un pot de yaourt !

La courtoisie du détritus

À partir de ce jour, des objets commencèrent à tomber régulièrement des fenêtres. Martin les retrouvait fichés entre ses plants de légumes, en miettes sur le sol de la terrasse, accrochés aux branches des arbustes… Les chutes étaient à chaque fois signalées par un avertissement sonore de Gladys et de Gloria qui couraient se mettre à l'abri. Au bout de quelques minutes, elles ressortaient, méfiantes et circonspectes, pour tourner autour de l'épave en lui donnant de petits coups de bec.

La variété des articles était à la mesure de l'hostilité du voisinage : journaux, bouteilles, fruits avariés, croûtes de fromage… Un soir, Martin découvrit un pèse-personne sur lequel on devinait les pieds de son propriétaire ; l'appareil avait atteint le sol en parfait état de fonctionnement : il monta dessus. L'aiguille se fixa sur cinquante-huit – ce qui était peu pour un mètre soixante-quinze, mais ne l'étonna guère, son régime alimentaire étant des plus frugaux depuis le départ de Charlie.

Or, ce fut justement grâce à la prodigalité des fenêtres

que Martin améliora son ordinaire. Suivi de ses poules, il faisait chaque jour le tour du jardin avec un sac en plastique, fouillant de la main le dessous des plantes et scrutant les branches à la recherche de consommables. Il localisa rapidement les bons coins. Au troisième gauche, une fenêtre se montrait particulièrement prodigue : Martin trouvait souvent à son aplomb des restes de viande tout à fait corrects, des canettes de bière à moitié pleines et même, une fois, du saumon fumé sous vide périmé depuis seulement quelques jours.

Quand la récolte était trop maigre, il lui suffisait d'éveiller Gladys et Gloria en pleine nuit. Il les poussait dans le jardin où elles protestaient à grands cris. Il était rare qu'il ne récoltât pas alors quelques reliefs que leur propriétaire, dans un demi-sommeil, envoyait sans discernement. Déluge de réveille-matin, bouteilles d'eau minérale, tubes de somnifères, mais aussi chocolat et biscuits. Et plus les protestations des poules se prolongeaient, plus le rapport nourricier était intéressant : restes de gâteaux, morceaux de saucisson, packs de jus d'orange, jusqu'à cette giboulée de café que Martin recueillit entre ses mains, un dimanche, telle une pluie d'eau bénite.

Blanche

Martin entreposait les dons qu'il recevait des fenêtres dans l'appartement. Il réservait les consommables les plus dégradés à Gladys et Gloria, rangeait ceux qu'il conservait pour lui-même dans les placards de l'ancienne cuisine et le réfrigérateur.

Un matin qu'il triait le produit de sa dernière récolte dans le salon, quelqu'un sonna.

Martin tendit l'oreille, et crut reconnaître la voix de Blanche.

Il s'approcha à pas de loup, faillit glisser sur les enveloppes et les prospectus qui jonchaient le sol devant la porte. À travers l'œilleton, il aperçut le visage boursouflé de Blanche.

— Martin ! Ouvrez-moi ! Il faut que je vous parle !

Martin ne fit pas un geste.

Blanche sonna de nouveau, frappa plusieurs fois du poing contre la porte.

Enfin, elle cessa.

Il y eut un silence.

Au bout d'un moment, Blanche dégagea les enveloppes coincées sous la porte et glissa un mot griffonné sur une feuille de son agenda.

Elle attendit encore un peu.

Puis elle finit par s'en aller.

9e semaine – 1er au 7 mars

Jeudi 4
Martin, que se passe-t-il ? Vous ne répondez plus au téléphone, vous n'ouvrez plus votre ~~10 h 30 : Coiffeur~~ porte ! Je ne comprends pas ! Je vous assure que je ne suis pour rien dans cette histoire de rosiers ! Le syndic de l'immeuble
~~**Vendredi 5**~~ *m'a appelée l'autre jour pour me di ~~9 h 30 : Rappeler Maître Lathuile~~ -re que vous élevez des poules dans le jardin, que vous cultivez des choux ou je ne sais trop quoi. Je vous ~~15 h 15 : Joséphine, le Petit Prince~~ signale que c'est interdit par le règlement de copropriété ! Il n'autorise que les chiens et les chats. Même les canaris sont interdits !*
~~**Samedi 6**~~ *Si vous continuez, nous allons finir par avoir des ennuis ! Yves et moi partons ce soir à Ténérife. Notre avion est à 17 heures. Appelez-moi avant. Sinon, je repasserai à notre retour. Et s'il vous* ~~**Dimanche 7**~~ *plaît, en attendant, soyez raisonnable !*
~~9 h 30 : Voir le père Missonnier pour la chorale~~
Blanche

Fête nationale

Une colonne d'avions traversa le ciel au-dessus du jardin.

Des fenêtres s'ouvrirent. Des mains d'enfants, d'hommes et de femmes, secouèrent frénétiquement de petits drapeaux. Le son des téléviseurs monta, des voix mâles entonnèrent *La Marseillaise*.

La parade dura deux heures.

Neuf avions supersoniques fendirent le ciel par groupes de trois, chacun tirant derrière lui un trait bleu, blanc, rouge, pour clore le défilé.

Quand on put entendre à nouveau les oiseaux du jardin, plus une main ne dépassait des fenêtres. Bouchons de champagne, chocs de verres, de couverts et d'assiettes avaient remplacé *La Marseillaise*.

Des fumets de grillade se répandirent alentour.

Le jardin retrouva sa paix coutumière.

Dans l'après-midi, une dispute éclata au quatrième étage.

Une jambe nue sortit par la fenêtre, rapidement suivie

de sa jumelle. Toutes deux pendirent le long de la façade, Gladys et Gloria poussèrent un cri. Martin leva la tête. La propriétaire des deux jambes se pencha vers le jardin, le visage encadré par deux genoux grassouillets.

— Je vais le faire! hurla-t-elle.

— C'est ça, et tu diras bonjour au cinglé d'en bas, ricana derrière elle une voix d'homme.

Elle n'en eut pas le temps : deux bras puissants la saisirent, emportant aussi les deux jambes.

Un instant plus tard, quelque chose de blanc, de vaporeux, s'échappa par la fenêtre et vola jusqu'au tilleul.

Martin crut à une colombe. Il n'identifia pas tout de suite de quoi il s'agissait.

Du ciel

Avec un râteau, il tenta de décrocher la culotte de la branche du tilleul où elle s'était posée. En vain. Même avec une échelle, il n'eût pas réussi à l'atteindre. Alors il grimpa dans l'arbre, mais se rendit compte que la branche ne pourrait supporter le poids d'un homme. Enfin il resta un moment sans savoir que faire, assis à califourchon sur la plus haute branche qu'il avait pu atteindre.

Derrière la clôture, il découvrit les autres jardins. Pour la plupart, ils étaient restés tels qu'avait été celui de Gabrielle avant l'arrivée de Charlie : aucubas faméliques, gravillons, troènes maigrelets… Le jardin de Gabrielle formait au contraire une tache d'un vert volubile tout le long de l'immeuble — attirante, mais aussi légèrement inquiétante au milieu de ce paysage de béton : séduisante au regard, suspecte à l'esprit. Voilà sans doute ce que pensaient ceux qui se penchaient à leur fenêtre. Ils devaient éprouver un mélange de surprise et d'incrédulité, de plaisir et d'angoisse, de jalousie et de regret, emportés par la méfiance envers l'habitant d'un tel jardin ; car c'était un jardin dense, proliférant, et d'une profondeur anormale – un jardin de la déraison, pourtant si rationnellement organisé avec son potager, ses bandes de légumes rectilignes de part et d'autre de l'allée centrale, ses cordeaux de pommiers, de poiriers, et ce foisonnement de plantes ombreuses autour de lui : rhododendrons, buis, fougères, d'où jaillissaient des rosiers d'une santé insolente dont les fleurs capturaient le soleil pour en fixer la lumière en des milliers de boutons sur les murs.

Feux

Le soir même, des bruits d'explosion retentirent autour du jardin. Des éclairs le figeaient par intermittence dans une lueur d'incendie.

Suivi de Gladys et de Gloria terrifiées, Martin vérifia les haies, contrôla la porte que Charlie avait fermée en partant, s'assura que celle de l'appartement l'était aussi et, pour plus de sûreté, poussa devant elle une table sur laquelle il entassa tout ce qui lui tomba sous la main : chaises, livres, bibelots, vêtements…

Puis soudain il comprit.

Il rejoignit le cottage et fit entrer Gladys et Gloria. Ce soir, elles pourraient dormir avec lui, même si le feu d'artifice était déjà presque terminé.

Vacances

Le lendemain, un parfum d'exode flottait dans les airs.
Des volets s'abaissèrent.
Des portes claquèrent.
Des moteurs vrombirent.
Martin grimpa dans le tilleul : impossible d'apercevoir la rue dissimulée par les feuillages.

À midi, le silence.

Tous les volets de la façade étaient clos. Ils le restèrent la journée entière et il en fut de même le lendemain et les jours suivants.

Corps et conscience

Pendant un mois, plus rien ne vint rompre le silence du jardin. Martin ne percevait plus qu'à peine le grondement lointain de la ville. Les fenêtres s'étaient tues. Sur la façade, une seule s'ouvrait chaque soir sans que nul ne s'y penche. De la fumée de cigarette s'en échappait parfois, et de la musique ; quelques notes de piano qui s'égrenaient dans le jardin.

Avec la chaleur, le potager réclamait des soins constants : arrachage des mauvaises herbes, arrosages, récoltes. Le jardin commençait à produire des légumes et des fruits en abondance, mais Gladys et Gloria étaient encore trop jeunes pour pondre. Martin dut puiser dans les réserves accumulées grâce aux fenêtres. Il vivait de haricots, de salades vertes, de framboises, de restes de conserves, jambon sec ou pain dur qu'il ramollissait à l'eau froide.

Son corps s'assécha sans qu'il eût faim.

La conscience de ses os le surprenait à l'occasion de certains mouvements. Il les sentait glisser entre ses muscles, durcir ses bras, ses jambes, son dos, et en tirait une jouissance de yogi.

Un matin, un gravillon se glissa dans sa chaussure. Il l'ôta, sentit la fraîcheur de la terre, marcha pieds nus toute la journée. La terre du potager s'écrasait sous sa voûte plantaire, s'insinuait entre ses orteils. Il explora minutieusement tous les sols de son territoire : pierres de la terrasse, terre battue du cottage, racines affleurant autour du tilleul…

Il décida d'abandonner le port des chaussures.

Le lendemain, il fut contraint d'arroser en plein après-midi tant la chaleur était accablante. Gladys et Gloria se bousculaient sous son tuyau pour lui voler quelques gouttes, il fut bientôt complètement trempé, se dévêtit et accrocha ses vêtements à la corde à linge. Puis, le tuyau d'arrosage à la main, il poursuivit les poules à travers le potager.

De ce jour, chaussures et vêtements restèrent suspendus à la corde à linge comme de vieilles dépouilles. Martin vécu tel Adam au jardin d'Éden. Et quand il y marchait, il sentait avec délices les feuilles des plantes effleurer ses flancs, les framboisiers griffer ses mollets, les plumes de Gladys et Gloria lui chatouiller les chevilles…

Le soir, quand la fenêtre du quatrième s'ouvrait, il était cependant pris d'un remords de pudeur et passait un slip ; mais il finit par y renoncer aussi tant il aimait sentir le vent chaud de l'été.

Peu à peu, la surface de sa peau s'étendit.

Elle fut bientôt considérable. Martin dut vivre avec son corps comme avec un compagnon retrouvé, plus large, plus dense et dont il lui fallut prendre soin. Il était contraint d'être plus attentif à ce qui l'entourait pour ne pas l'écorcher, ou le blesser. Ce n'était d'ailleurs pas vraiment une contrainte. Simplement, ses distances avec les choses se modifièrent : il n'entra plus dans le cottage, ne marcha plus, ne s'adossa plus, ne leva plus les bras, ne posa plus les pieds sur le sol de la même façon qu'autrefois.

Il devint léger, de poids et d'attitude ; ou plutôt : il usa différemment de la pesanteur, ne se faisant lourd que par nécessité – assis dans la bergère ou couché sur le matelas de mousse du cottage ; ou encore, quand l'envie le prenait de s'allonger dans l'allée du potager : chaque pore de sa peau accueillait alors les reliefs de la terre, les irrégularités du sol s'incrustaient dans son dos, ses fesses, ses mollets, ses talons, tandis que la chaleur de l'air se répandait sur son visage et son ventre.

Nue-propriété

Le volet du premier étage crissa, Blanche apparut.

Derrière elle : les visages d'Yves et de trois inconnus.

— Mais qu'est-ce que vous faites, Martin ?

Il arrosait ses haricots.

Gladys et Gloria couraient autour de lui ; des gouttes de rosée scintillaient sur les poils blonds de ses jambes.

— Vous ne pouvez pas faire ça ! C'est interdit !

Les quatre hommes opinaient du chef.

Yves lança :

— Au moins couvrez-vous, mon garçon !

— Oh mon Dieu ! Oh mon Dieu ! répétait Blanche.

— Oui, il faut vraiment faire quelque chose, déclara Yves en refermant violemment la fenêtre.

Rentrée

Le mois de septembre contraignit Martin à se couvrir à nouveau. Le confort des vêtements, redevenus nécessaires avec la fraîcheur de l'automne, compensa le désagrément d'avoir à les porter. Il les remit aussi naturellement qu'il s'en était défait. Ayant découvert la volupté du toucher quand il n'était pas réduit aux paumes et aux doigts des deux mains, il goûta mieux la douceur de la laine ou du coton sur sa peau, appréciant la sécurité dont ses vêtements entouraient à nouveau ses gestes. Il continua cependant de jardiner nu au soleil de l'après-midi, ignorant les rires des enfants aux fenêtres. Passé la surprise des premiers jours, protestations et invectives cessèrent. Martin reçut simplement des fenêtres plus de vieux caleçons troués que de déchets alimentaires.

Anniversaire

Un matin, Martin s'aperçut qu'une étoile avait fleuri dans un des pots de la terrasse.

Une anémone, rescapée de la création du potager.

Elle s'était réfugiée là à l'insu de Charlie.

L'avenir

L'avenir défila devant lui comme on le dit du passé des mourants :

les feuilles du tilleul, de tous les arbustes du jardin tomberont

l'hiver reviendra

la neige tombera

le jardin blanchira

Martin créera une autre femme de neige

mais

aucune trace de pas ne viendra troubler sa quiétude

aucune feuille ne sera ramassée

aucun rosier ne sera taillé par une autre main que la sienne…

Le propre de l'homme

Martin s'observait dans le petit miroir qu'il avait fixé à la paroi du cottage. Il ne s'était pas rasé depuis des mois. La curiosité mêlée au plaisir de retrouver son menton glabre compensa la douleur sous les lames du rasoir. Quand il eut terminé, son visage était drôlement coupé en deux : à l'horizontale. La partie inférieure, blanchâtre, paraissait plus jeune que la partie supérieure hâlée par le soleil. Il pensa à Blanche qui l'avait vu nu, barbu, en train d'arroser dans le jardin avec Gladys et Gloria, au milieu des plants de haricots.

La myopie est une magie méconnue : il suffit à Martin d'ôter ses lunettes pour retrouver son unité. Plus d'aspérités, une harmonie floue, sans ruptures. Derrière lui, dans le miroir, la verdure indistincte du jardin, fluidité mouvante de l'espace agitée par le vent, jeu des oiseaux ; et puis, dans le ciel, cette chose blanche, flottante, posée sur la branche du tilleul, comme une colombe.

Martin éclata de rire.

Un symbole de paix conjugale : la culotte de la voisine.

Le bonheur des morts

Les fleurs du *Gabriella* commençaient à pâlir. Leur intensité s'atténuait déjà de nuances grises. Martin les coupa. Les larmes qui coulèrent sur ses joues n'avaient pas l'acidité de l'automne dernier.

Sa douleur le traversait désormais sans le détruire.

Les fleurs à la main, il alla chercher le vase d'opaline dans le bureau, jeta celles de l'année dernière et de l'année précédente, remplit le vase à demi au robinet de la cuisine, y disposa les nouvelles fleurs, ouvrit la porte de la chambre, entra, posa le vase sur la tablette du côté de Gabrielle près des quatre volumes des *Mémoires d'outre-tombe*.

Puis il referma la porte.

L'appartement lui semblait aussi étranger qu'autrefois le jardin. Des livres gisaient partout, des détritus jonchaient le parquet, la table et les chaises barraient la porte de l'entrée. Une odeur de cheminée régnait dans le salon, dénaturée par les relents d'ordures entreposées dans la cuisine. Il remarqua un nid d'herbes que Gladys et Gloria avaient aménagé contre l'accoudoir du Chesterfield, dédaignant l'abri trop étroit qu'il leur avait confectionné en recyclant la caisse de saint-estèphe. Dans l'entrée, il buta sur le sac de Gabrielle. Un livre au titre plutôt curieux s'en échappa : *Le Ravissement de Lol V. Stein*.

Il l'emporta, le lut sans y trouver la moindre phrase soulignée par Gabrielle.

Sans doute n'en avait-elle pas eu le temps.

Alors, Martin prit un stylo et souligna celle-ci : *Qu'est-ce que j'ignore de moi-même à ce point et qu'elle me met en demeure de connaître ?*

Travaux d'hivernage

Martin n'était pas certain d'avoir envie de quitter le cottage pour vivre à nouveau dans l'appartement quand l'hiver reviendrait. Je pourrais y installer des bacs de germination afin de profiter du chauffage collectif et cultiver des légumes hors saison, pensa-t-il. Le bureau ferait une serre idéale. Il entreprit derechef les travaux, poussa le fauteuil, roula le tapis, réunit tous les récipients qu'il trouva : boîtes de conserve, bassines, boîtes à chaussures, dont il tapissa le fond de plastique – car ils devraient résister à l'humidité. Il les emplit de terre et les installa ensuite sous les fenêtres du bureau qu'il baptisa *pépinière d'hiver* pour la distinguer de celle d'été, aménagée par Charlie sur la terrasse. Enfin, il calcula que Gladys et Gloria ne pondraient pas avant novembre, fit l'inventaire des provisions accumulées à la cuisine et en conclut qu'elles lui suffiraient à tenir jusqu'au printemps.

Quelques jours plus tard, le temps se gâta.

Il plut abondamment. Les feuilles du tilleul jaunirent et commencèrent à tomber. Martin les ramassa, les enfouit dans le tas de compost, puis, avec le portable de Gabrielle, il envoya ce message à Charlie :

J'ai ramassé les feuilles mortes.

Dehors !

Gladys et Gloria volèrent aux quatre coins du cottage en caquetant.

Martin se redressa.

Il pouvait être six heures du matin. Des fragments de rêve illuminaient encore son esprit.

Il sortit dans le jardin.

Sur la façade, des lampes étaient allumées. Le couple du troisième était déjà penché à sa fenêtre.

Martin respira à pleines narines l'odeur de feuilles que le froid de l'hiver ne tarderait pas à faire disparaître. D'ordinaire, quand il s'éveillait, la puanteur des voitures qui roulaient vers la Défense avait envahi l'air du jardin.

Dans le hall de l'immeuble, une voix résonna.

— Monsieur Robinson ! Monsieur Robinson, vous m'entendez ?

Martin sentit le danger.

— Monsieur Robinson ! Ouvrez !

— Il n'ouvrira pas, dit quelqu'un.

Martin reconnut la voix de Blanche.

Une pièce de métal crissa dans la serrure. Les chaises tombèrent avec fracas de la table devant la porte. La table, plus lourde, glissa lentement sur le côté. Un haut-parleur apparut.

— Police !

Martin courut se réfugier dans le cottage.

Une cavalcade, puis plus rien.

Ils étaient là, autour de lui.

— Il est dedans ?

— Oui.

Sans haut-parleur, la voix avait perdu sa sonorité métallique.

— Monsieur Robinson, c'est la police, dit une voix ferme. Vous pouvez sortir, s'il vous plaît ?

Martin ne répondit pas.

L'homme tenta de pousser la porte. Martin la bloquait de tout son poids.

— Monsieur Robinson ?

— Qu'est-ce que vous voulez ?

— Veuillez sortir, s'il vous plaît.

— Pas question !

— Vous ne pouvez pas rester là. C'est un ordre du préfet de police. Soyez raisonnable, monsieur. Ne rendez pas les choses plus compliquées qu'elles ne sont…

— Foutez le camp, je suis chez moi !

— Il faudra sortir de toute façon, allons…

Martin entendit les caquètements affolés de Gladys et Gloria. Elles se cognaient dehors aux planches du cottage, prises au piège.

Rires, cris.

Un bruit affreux.

— Gladys, Gloria !

Martin ouvrit la porte.

Un homme se jeta sur lui, un autre, un autre encore.

Tous trois l'immobilisèrent.

— C'est bon ?

— Oui.

— Alors allons-y.

Ils relevèrent Martin et le poussèrent à l'extérieur. Deux autres attendaient dehors. Ils lui prirent chacun un bras, le retournèrent, lui passèrent des menottes.

Martin aperçut Gloria gisant sur le sol.

Maintenant, tous les voisins étaient aux fenêtres.

Le jour avait chassé la nuit.

Aucun soleil n'était apparu.

Deux policiers fouillèrent l'intérieur du cottage et ressortirent, l'un tenait les godillots de Martin du bout des doigts avec dégoût.

— Ça pue !

Le chef lui lança un regard courroucé.

— Épargnez-nous vos commentaires, dit-il.

Il prit les godillots, se baissa, les passa l'un après l'autre aux pieds de Martin.

— Allons-y.

— Où m'emmenez-vous ? Et ma poule ?

Un policier lui mit la main sur l'épaule.

— Et ma poule ? Mon autre poule ? insista Martin. Quand est-ce que je reviendrai ?

Le policier poussa Martin, et le groupe traversa le potager.

L'allée centrale n'était pas assez large pour une brigade, les policiers piétinaient les buttes. Ils avaient déjà écrasé les poireaux, la mâche, les laitues d'hiver qui commençaient à pousser.

Blanche et Yves attendaient sur la terrasse.

— On était bien obligés, dit Blanche, un mouchoir à la main.

Au dernier moment, Martin réussit à saisir une branche du *Gabriella*.

Il refusa de la lâcher.

Les policiers se mirent à plusieurs pour décrocher ses doigts un à un.

Puis ils le soulevèrent et l'emportèrent.

L'Éternité

La lune est pleine.

Elle baigne la chambre de lumière.

Le lit oscille.

Martin pose le pied sur le sol, parvient jusqu'à la fenêtre en titubant, ballotté de droite et de gauche tandis que les radiateurs de fonte entonnent leur chant sourd.

Les meubles glissent sur le plancher.

L'appartement se penche et bascule vers la rue, entraîné par le jardin.

Dix-huit anémones s'ouvrent dans la nuit. Elles portent le jardin de Gabrielle et de Martin tel un drap blanc flottant sur la Seine.

L'équipage survole la ville, le bois de Boulogne, contourne la tour Eiffel, s'élève au-dessus du Trocadéro.

Le vent se lève.

Quelque chose claque – c'est la bibliothèque gonflée de tous ses livres.

Le jardin est en route…

La poule grise

Dans la chambre du bébé, Amélie chantait la seule comptine qu'elle ait sans doute apprise :

Il était une p'tite poule grise
Qu'allait pondre dans la remise
Qui pondait un p'tit coco
Pour l'enfant s'il dort bientôt

— Tu pourrais apprendre la suite, ma chérie, cette enfant va finir par se lasser.

Il était une p'tite poule grise
Qu'allait pondre dans la remise
Qui pondait un p'tit coco
Pour l'enfant s'il dort bientôt

Depuis plusieurs semaines, Amélie privilégiait nettement l'amour maternel à l'amour conjugal. Je m'étais fait une raison. Aussi quelle ne fut pas ma surprise de l'entendre interrompre sa ritournelle et prononcer mon prénom :

— Pierre !

Je crus qu'elle voulait me faire partager quelque posture émouvante de notre bébé plongé dans son sommeil. Mais je trouvai la petite bien éveillée dans les bras de sa maman et toutes deux postées devant la fenêtre.

— Regarde, me dit Amélie avec un signe du menton vers le jardin.

— Ça alors ! Mais qui est-ce ?

— J'allais justement te le demander.

— Comment est-il entré ?

— Par la porte, je suppose.

— La porte ? Mais quelle porte ?

— Je te retourne la question, mon cher.

Ma première pensée fut que nous avions affaire à un cambrioleur. Mais l'homme – un Noir, assez grand – marchait dans le jardin aussi tranquillement que chez lui. Il ne jetait même pas un regard vers les fenêtres pour s'assurer que l'appartement était désert.

— Voleur du dimanche, va ! cria Amélie.

— Tu es folle !

L'homme tourna la tête. Je craignis qu'il ne nous ait entendus. Cependant, je le vis tout à coup foncer vers un des buissons du jardin, disparaître dans les feuillages et en ressortir un instant plus tard, une poule dans les bras.

— Ah, tu vois, j'avais raison ! triompha Amélie.

Il faut avouer que je n'avais jamais vraiment cru à cette histoire de poule. Depuis notre installation, elle s'était montrée aussi discrète que le monstre du Loch Ness. Il est vrai que nous n'avions guère mis les pieds dans le jardin, trop occupés par la naissance du bébé. Une de nos voisines avait pourtant certifié à Amélie l'existence de cette poule mythique. À présent, la fameuse était là, bien réelle, et grise comme dans la chanson. L'individu la tenait entre ses bras en lui caressant la tête de la même façon que mon aimée le faisait en cet instant même avec notre fille.

Je dus reconnaître qu'il n'avait pas l'air dangereux.

Il traversa le jardin, la poule dans une main, son sac dans l'autre.

Puis, soudain, il disparut de notre champ de vision.

— Où est-il ?

Nous n'osions pas faire un geste.

Amélie approcha de la fenêtre, telle une chatte guettant sa proie.

— Ça y est, je le vois, dit-elle.

— Qu'est-ce qu'il fait ?

— C'est bizarre…

— Quoi ?

— Il coupe des branches.

— Des branches ?

— Oui.

— Mais des branches de quoi ?

— Des branches de l'hortensia.

— Ah bon ? Mais qu'est-ce que ça signifie ? Il nous pique des fleurs ?

— Non, justement, pas celles avec les fleurs, celles avec des feuilles…

— Mais pour quoi faire ?
— Je vais le lui demander...
— Tu es folle ! Je te l'interdis.
— Il n'a pas l'air méchant, qu'est-ce qu'on risque ?
— Il est armé !
— D'un sécateur.
— Exactement.
— De toute façon, c'est trop tard. Il s'en va.
— Ah bon ? Et la poule ?
— J'ai l'impression qu'il nous l'a laissée.
— Zut !
— Mais qu'est-ce qu'il peut bien faire de ces branches ? Il est venu exprès pour ça, tu crois ?
— Je n'en sais rien. En tout cas, hors de question que ça se reproduise. Imagine que la petite ait été dehors, il nous l'aurait prise aussi. Il faut absolument savoir d'où vient cet individu, comment il est entré, et sécuriser ce jardin au plus vite...

Nous passâmes une soirée passablement agitée.

Après moult discussions, nous décidâmes d'un plan pour le lendemain : faire un tour complet du jardin, appeler le syndic et les anciens propriétaires, interroger les voisins, trouver une explication à ce mystère, et surtout : une solution pour éviter que n'importe qui puisse entrer chez nous comme dans un moulin !

Nous avions éteint la lumière depuis un quart d'heure et je m'endormais enfin, quand tout à coup Amélie s'exclama :

— Je sais !

— Quoi ?
— J'ai compris.
— Mais quoi ?
— Le type…
— Eh bien ?
— Il fait des boutures !
— Des boutures ?
— Oui.
— Dans notre jardin et sans nous demander la permission ?
— Ben oui. Tu vois, c'est pas grave, mon chéri. Allez, rendors-toi. *C'est la belle petite poule grise…*

L'enfant

Quelques années plus tard, Charlie empruntait le chemin vicinal qui débouchait sur la rue de Longpont. Il marcha jusqu'à la porte qui donnait sur le jardin de Gabrielle, introduisit la clef dans la serrure, mais ne parvint pas à l'ouvrir aussi facilement que la fois précédente.

Il posa son sac à terre, tenta de la forcer en vain.

Les propriétaires avaient dû s'apercevoir de l'existence de la porte et fait changer la serrure.

Pourtant, il lui fallait absolument entrer, même si c'était pour la dernière fois.

Il l'avait promis à Martin.

Pas question d'aller sonner à l'appartement. Pour faire ce qu'il avait à faire, il préférait être seul. D'ailleurs, il ne pouvait pas prendre le risque d'échouer en se voyant interdire l'accès du jardin. Il n'eut donc pas d'autre solution que celle de sauter par-dessus la clôture.

Il reprit son sac, passa son bras dans l'anse et le coinça contre son coude, puis il posa le pied sur le barreau du bas et parvint ainsi à se hisser sur la grille. Il grimpa, sauta et se retrouva enfin dans le jardin.

Il glissa le long de la cabane, qui n'avait plus rien d'un cottage mais ressemblait plutôt à une espèce de pagode orientale. Dans le jardin, plus un seul brin de gazon. Des gravillons blancs, ratissés avec soin. Leur unité, monotone, était interrompue par trois rochers de taille différente groupés à l'angle de l'immeuble.

Plus aucune trace du potager. Poireaux, laitues, oignons avaient été remplacés par des bambous et de petits érables (*acer palmatum*). Seuls demeuraient le Ghislaine de Féligonde contre le mur, et, bien sûr, le tilleul, indélogeable.

Charlie fut soulagé quand il aperçut *Gabriella* au coin de la terrasse. Qu'aurait-il fait s'il n'avait plus été là ? Il y avait pensé, bien sûr – il pouvait toujours se rabattre sur le pot qu'il avait rapporté à Martin. Il y avait bouturé l'hortensia, qui, pendant dix ans, avait fleuri à la fenêtre de l'hôpital.

Tout de même, cela n'aurait pas été pareil.

Le *Gabriella* d'origine était splendide. Ses rosaces commençaient à se colorer de bleu, preuve que les nouveaux propriétaires l'entretenaient d'alumine — ou d'ardoise. Charlie sourit au souvenir de sa querelle avec Martin... Enfin, il posa son sac, se redressa face au *Gabriella*, éclaircit sa voix et attendit un instant que son émotion se dissipe.

Alors il récita ceci :

Dans l'avenue ornementale
du cimetière
incorruptiblement

s'incline et se balance
l'ordonnateur de la douleur locale
obligatoire protocolaire atrabilaire
le cyprès
toujours vert
Non loin de là
l'osier sauvage danse sur la rivière
au pied d'un hêtre pourpre
rêve une dryade rousse
Mauvais élève du chagrin noir
derrière le dos de la mort
le deuil et la douleur
bien vite se dissipent
et le crocodile et le saule
rient aux larmes
des larmes
que leur prêtent les hommes

Jacques Prévert

Charlie se baissa, sortit l'urne funéraire de son sac, la retourna et la secoua autour du pied du *Gabriella* de façon à bien répartir toutes les cendres de Martin.

— Qu'est-ce que tu fais ?

Il sursauta.

De la terrasse, une fillette l'observait.

— Je…

Comment lui expliquer ?

L'enfant n'attendit pas la réponse.

— Avant, il y avait une poule, déclara-t-elle.
— Ah oui ?
— Oui, mais elle est morte quand j'étais petite.
— Oh !
— Et le jardin, il n'était pas du tout comme ça. Il y avait tout plein de plantes, des légumes même...
— Je sais.
La fillette le fixa.
— C'était ton jardin ?
— Non, mais je l'ai connu quand il était comme ça.
— Il y avait un fou, aussi.
— Un fou ?
La fillette recula.
— C'était toi ?
— Non, ce n'était pas moi. Et il n'était pas fou. Écoute, maintenant, il faut qu'on arrose...
— On ne peut pas.
— Ah non ? Pourquoi ?
— C'est pas l'heure.
— Comment ça, pas l'heure ?
— Ça s'arrose tout seul à six heures le matin et à six heures le soir, pendant six minutes précises chaque fois, c'est amplement suffisant. C'est Papa qui l'a dit.
Charlie regarda autour de lui et constata qu'en effet un système d'arrosage automatique avait été installé dans le jardin.
— Mais on peut arroser quand même, dit-il.
— Non, pas du tout !
— Si, tu vas voir.

La fillette observait Charlie avec méfiance.

Il se dirigea vers la pagode, elle le suivit.

Le robinet n'avait pas changé de place. Le tuyau de l'arrosage automatique y était branché à partir du programmateur.

— Faut pas y toucher ! On n'a pas le droit ! s'exclama l'enfant.

— Il n'y a aucun danger, tu vas voir.

Charlie lui montra les deux boutons sur la boîte : l'un était pour le programmateur, l'autre pour l'arrosage manuel.

Il appuya sur le second.

Les embouts crachotèrent un instant le long du tuyau, puis le débit se fit plus régulier. Sous les haies, au pied des buissons, un peu partout jaillirent des gerbes d'argent.

L'enfant poussa un cri de joie.

Elle s'élança dans le jardin et, quand l'eau mouillait ses petits mollets, elle riait aux éclats.

Composition UTIBI
Impression Grafica Veneta S.p.A.
à Trebaseleghe (Pd).
Dépôt légal : mai 2017

ISBN : 978-2-207-13677-5/Imprimé en Italie

311612